許嫁が出来たと思ったら、
その許嫁が学校で有名な
『悪役令嬢』だったんだけど、
どうすれば
疎陀 陽
イラスト みわべさくら
JN053822

「……まあ、これから一緒に暮らすんだもんな。
いがみ合っても仕方ないか」
「でしょ？　だからまあ」

仲良くしましょう、と。

桐生彩音（高校二年生）
きりゅうあやね

学校内では有名な悪役令嬢。
負けず嫌いであり、世の理不尽と戦う性格。
地味に子供っぽいところもある。

「よろしくお願いね、許嫁さん」

「……よろしく、許嫁」

差し出された手を、俺は握り返した。

東九条浩之（高校二年生）

ひがしくじょうひろゆき

バスケの元国体選抜候補。
基本的には面倒くさがり屋だが、やる気になると
凄まじい集中力を発揮する。

「俺が顔で女の子選んでみろ。

お前ら二人に告白してるだろうが」

「っ！　な、何言ってるのよ！」

「そ、そうだよ！　何言ってるの、浩之ちゃん！」

「？　……っ!!　あ、いや、これは……その！」

二人が顔を真っ赤にしてこちらを睨む。

賀茂涼子（高校二年生）

かもりょうこ

浩之の幼馴染。

文学少女で趣味読書。

誰に対しても物腰は柔らかいが、結構強情。

いや、悪い！　今のは俺が悪かったよ！　悪かったけど……

「……客観的に見てお前らが美人なのは間違いないだろうが」

「……主観的には？」

「……俺は一般人の感性だ」

「……それじゃ分からないよ、浩之ちゃん」

「……二人とも美人だと思いまする」

……朝っぱらから何言ってんだろ、俺？

鈴木智美（高校二年生）

すずきともみ

浩之の幼馴染。バスケ馬鹿で、快活。
誰に対してもズバズバ物を言う性格に思われがちだが、実は誰よりも繊細。

キーホルダーと水風船のヨーヨーを
愛おしそうに抱いた桐生が。
「……ありがとう。
大事に……ずっと、大事にするわ……」
……そう言って、蕩ける様な笑みを浮かべる桐生に。

「……そんなに高価なモンじゃないぞ？

キーホルダーもだし、ヨーヨーに至っては二百円だろ？」

「私のも加味すると、ヨーヨーは
とんでもない高価なヨーヨーだけどね？」

「……確かに」

下手したらアレ、
世界で一番高価な水風船かも知れん。
「それに……そんなの関係ないわよ」
だって、と。
「……初めて……東九条君に貰ったものだもの。
二つとも、私の宝物よ」
なんだかその言葉に、猛烈に照れる。

CONTENTS

プロローグ　朝起きたら許嫁が出来てたんだけど、そんなことって常識的にあんの？……10
第一章　許嫁は『悪役令嬢』……なの、か？……16
第二章　連れてこられた新居は……やり過ぎじゃない？……59
第三章　麻婆豆腐イタリアンは幼馴染の味……86
第四章　それはきっと、『素材』の勝利じゃ、ない。……141
第五章　二人の距離は徐々に、でも、確かに。……182
第六章　『悪役令嬢』、その涙の理由(ワケ)は。……273
エピローグ　歩幅を合わせて、同じスピードで。……312
番外編　悪役令嬢、桐生さん。……321

ダッシュエックス文庫

許嫁が出来たと思ったら、その許嫁が学校で有名な『悪役令嬢』だったんだけど、どうすればいい？

疎陀 陽

プロローグ　朝起きたら許嫁が出来てたんだけど、そんなことって常識的にあんの？

「浩之(ひろゆき)～。お前、来週からこの家出ていってよ？」

「…………はい？」

土曜日の朝、休日の二度寝というスペシャルな贅沢(ぜいたく)を味わい二階の自室から階下に降りた俺、東九条(ひがしくじょう)浩之の耳に入ったのは、寝転がってテレビを見ていた親父(おやじ)のそんな言葉だった。

「いや……なんで？」

「来週から浩之、許嫁(いいなずけ)と暮らすから」

「……………はい？」

「だから、来週から浩之はこの家を出て、許嫁である彩音(あやね)ちゃんと一緒に暮らすの」

「……ちょっと待て。理解が追いつかない。何言ってんの？　ボケた？」

「失礼なことを言わないでよ。ボケてないよ。浩之は──」

「取りあえずテレビから目を離してこっちを見ろ！」

俺の言葉に『面倒くさいな～』とか言いながら、よっこらっせとこっちに向き直るクソ親父。つうか、家を出ていけとかテレビ見ながら良く言えるな、おい！

「いやね？　実は父さんの会社、お前が生まれてすぐの頃に倒産しそうになって」

「この令和の時代に昭和の親父ギャグだと……！」

戦慄を覚えた。

「いやいや、冗談じゃなくて。結構マズイ状況だったんだけど……そこで、ある大企業の社長さんが助けてくれたんだ。資金援助してくれたり、人材貸してくれたり、取引先紹介してくれたり……まあ、すっごく助かったわけ」

「……ほう。良かったじゃねーか」

「でしょ？　んで、お父さん、凄く感謝してさ？　お礼がしたいって言ったら、『それではお宅の息子と私の娘、お互いに適齢期になったら結婚させましょう。同い年ですし』って話になって」

「……だから、許嫁と？」

「そういうこと」

「……色々言いたいことはあるけどさ？　なんで？」

「なんでって？」

「いや、許嫁ってさ？　お互いの家にメリットがあったりとか、親同士が仲良かったりするからするんじゃないのか？　え？　違うの？」

「違わないよ」

「別に昔からその社長さんと知り合いとかじゃないんだろ?」

「そうだよ。お金だけの関係だね」

「言い方！　じゃあ、なんで俺と社長さんの娘さんが結婚なんて話になるんだよ!」

親父の会社はしがない中小企業に過ぎん。『社長』なんて呼ばれても従業員十名程度の小さな会社だぞ?

「大企業の社長さんが興味を示すとは思えんのだが」

「……浩之?　お父さんの能力を買って!　とかは思わないの?」

「会社潰しかけたんだろ?　能力、あんの?」

「……厳しいね、浩之は。まあ確かに?　そんな能力もないけどね、お父さん」

そう言って肩を落とす親父。いや、別に嫌いなわけでも尊敬してないわけでもないんだけど……なんだろう?　少なくともウチの親父が大それた人間とは思えん。

「ま、確かに僕なんてしがない中小企業の社長でしかないけどね?　でもホラ、ウチの家って結構『名家』でしょ?」

「……そうなの?」

「あれ?　言ってなかったっけ?」

「初耳なんだが」

「京都の方では結構有名だよ?　東九条の本家は旧華族だし、本家の更に本家のご先祖様は歴史の教科書にも載ってるし」

「……マジか」

確かに本家の家はクソでかいとは思っていたが……そんなに有名な家系なのか、ウチ。

「……じゃあなんで親父は中小企業の社長してんだよ」

「ウチなんて分家もいいとこだしね。美味しいトコロは本家とか有力な分家にぜーんぶ取られたから」

「……不憫な」

「そう？　自由にさせてもらってるから文句はないんだけどね。んでまあ、お父さんの会社を助けてくれた会社の社長さんの家ってのが所謂、実業家上がりの家で……まあ、あんまり良い言い方じゃないけど、俗にいう『成金』ってやつでさ。実業界で随分、悔しい思いもしたらしいんだ」

「……」

「それで、『名家と縁組を！』って思ったらしいんだけど……まあ、急激に大きくなった会社だからか、悪評が凄くてさ。結婚相手、見つからなかったんだって」

「……マジかよ」

え？　俺、そんな悪名高い家の子と結婚せにゃならんの？

「いや～、お父さんもついつい軽く約束しちゃったけどさ？　後で評判聞いて青ざめたよ」

「んじゃ断れよ！　つうか断ってくれ！」

主に、俺の幸せの為に！

「そうしたいのはやまやまなんだけど……ごめんね、浩之。残念ながら、ウチの会社、まだその社長さんの家から借りたお金、返せてないんだ。っていうかむしろ増えていってるぐらいで……」

「もうやめちまえよ、そんな会社！　親父に経営者の才能はねーよ！」

「既にやめるにやめられないトコロまで来てて……だから、浩之！　お願い！」

「いや、お願いって……」

「相手の子、物凄く可愛い子だよ？　もう、ザ・お嬢様ってカンジで！　成績優秀、運動神経も抜群なんだって！　もうね、優良物件だよ、優良物件！」

「いや、物件って」

「浩之も逢ったこと、あるんじゃない？」

「逢ったことがある？」

うん、と親父は一つ頷き。

「だって——同じ高校だし」

「……なに？」

ヤバい、ヤバい。物凄くイヤな予感がする。

「知らないかな？　お父さんも写真でしか見たことないけど、アレだけ容姿端麗で成績優秀、運動神経抜群だったら、学校のアイドルでもおかしくないんだけど……」

緊急事態を告げるかのよう、俺の頭の中でアラートが鳴り響く。

容姿端麗？

成績優秀？

運動神経抜群？

その上で、お金持ちのお嬢様で……同じ学校って。

「……彩音」

「うん？」

「その許嫁の名前って——もしかして、『桐生彩音』か？」

違うと言ってくれと心底願う俺の前で、親父は満面の笑みを浮かべて。

「うん、そうだよ！　なんだ！　やっぱり浩之も知ってたのか！　ねえ、やっぱり有名？」

「……有名だよ」

俺の通う天英館高校の二年生で——いや、学校全体でもとびっきりの美少女で有名だ。家はお金持ち、成績優秀、スポーツ万能の、まるでライトノベルからでも飛び出したかの様な完璧お嬢様。完璧お嬢様、なのだが。

「……『悪役令嬢』じゃねーか」

『口と性格が壊滅的に悪い』と言われ、付いたあだ名が『悪役令嬢』という……まあ、なんというか、いろんな意味で評判のお嬢様だった。

第一章　許嫁は『悪役令嬢』……なの、か？

「おはよー、浩之ちゃん。良い朝だね～」

「……はよ、涼子。元気だな、お前は。月曜日の朝から」

「そう？　えへへ～」

ただでさえ憂鬱な月曜日の朝に加え、土曜日の『アレ』以来、憂鬱な日曜日を過ごした俺には家の前で待つ幼馴染である賀茂涼子の笑顔は少しばかり眩しすぎた。

「？　あれ？　浩之ちゃん、元気ない？」

「……そうか？　いつものことだろ、月曜日は」

「ううん……？　そうかな？　確かに浩之ちゃんはいつも月曜日は元気がないけど、今日は輪を掛けて元気がない気がする」

「……流石」

　家も隣同士の幼馴染、流石によく分かってらっしゃる。

「まあ……ちょっと色々あってな。若干、ナーバスになってる」

「そうなの？　もしアレなら相談ぐらいには乗るよ？」

「あー……そうだな。ちょっと相談に乗ってもらいたい感じではある。あるが――」

「おっはよー！　ヒロユキ、涼子！」

「――丁度いい。あの馬鹿にも説明しとこう」

「ひ、浩之ちゃん！　ダメだよ！　智美ちゃんのこと、馬鹿とか言ったら」

「ん？　どうしたの？」

華麗にチャリで疾走してきた俺のもう一人の幼馴染、鈴木智美はキキーっと音を鳴らして自転車を停めると、きょとんとした顔でこちらに視線を向けた。

「なんでもない。朝から元気だなと思ってな」

「いやー照れるね～。それにしてもヒロユキは朝から冴えない顔してんね～。こーんな美少女二人と毎朝登校出来るなんて幸せもんのくせして、なーにしけたツラ構えしてるんだか！」

そう言ってバンバンと俺の背中を叩く智美。いてーよ！

「誰が美少女だ、誰が。百歩譲って涼子は認めるけど、お前に美少女要素はねーよ」

「なにをー！　涼子が美少女なのは認める！　でも、私だって美少女でしょ！　こう見えても人気、あるんだぞー！」

「女子にな」

涼子はどちらかといえば小動物系の守ってあげたくなるタイプの女性だが、智美はその真逆。女子バスケ部のエースで、ボーイッシュな格好や言動、それに短めの髪なんかからヅカ系の人気を博している。まあ、顔立ちが整っているのは認めるが、『美少女』ではない。

「ひ、浩之ちゃんも智美ちゃんもやめてよ……そ、それに智美ちゃん？　浩之ちゃんだってちゃんとすれば格好いいんだから……」

「格好いい？　んー……まあ、ヒロユキはそのうざったい髪型とかもうちょっとなんとかしたらマシにはなると思うけど……格好いいかは別じゃない？」

「も、もう！　智美ちゃんったら！」

「ま、ヒロユキの良さは顔じゃないしね！　いいじゃん、それで！　ねー、ヒロユキ！」

「もうなんでもいいよ。それよりお前ら。ちょっと話がある」

「話？　なに、浩之ちゃん？」

「良い話？　悪い話？」

「悪い話だな。俺にとっては、だが」

しかも過去最大級に。そんな俺の言葉に、二人が息を呑(の)んだのが分かり、俺は言葉を継いだ。

「俺な？　——許嫁(いいなずけ)が出来たわ」

月曜の朝から、住宅街に絶叫が響いた。

「……ねえ、ヒロユキ？　おじ様、まだ家にいるの？」
「親父？　まだいると思うけど……どうした？」

家の前でいつまでもする話ではないと思い、登校中に土曜日の話をした。青くなり、赤くなり、白くなった後、再び顔を赤く染めた智美は押していたチャリを停めてこちらに視線を向けるとにっこり笑った。

「――ちょっと一発、顔面ぶん殴ってくる」

良い笑顔でサムズアップ……じゃなくて！

「ちょ、おま、何言ってるんだよ！」

「そ、そうだよ、智美ちゃん！　何言ってるの！」

「何って……え？　私がおかしいの、コレ？」

「いや、誰がどう考えてもお前がおかしいだろう！」

バイオレンスか！

「そうだよ！　何言ってるの、智美ちゃん！　殴るのは顔面じゃなくてお腹でしょ！」

「……はい？」

り、涼子？　お前まで何言ってるの？

「ああ……流石、涼子。痣残っちゃうもんね？」

「そうだよ！」

「そうだよ、じゃねえよ！　何言ってるんだ、お前ら！」

驚いた。何が驚いたって、智美はともかくいつもは大人しい涼子までそんなことを言い出すなんて。

「何言ってんだって……あんたこそ、何言ってんのよ！　これ、立派な人身売買じゃない！平和な現代日本で許されることじゃないわよ、こんなの！」

「そうだよ、浩之ちゃん！　そもそも浩之ちゃん、なんでそんなに簡単に受け入れるのよ！なに？　許嫁の子がそんなに可愛いの!?」

「そうじゃねーよ。そうじゃないんだが……」

いやな？　俺だって日曜日に散々考えたさ。でもな？

「……俺んち、会社やってるだろ？」

「うん！　それが悪の元凶だね！」

「元凶とか言うなよ、涼子。まあ、会社やってるってことは人も雇ってるワケでさ？　小さな会社だし……ホラ、俺だって可愛がってもらってんの、知ってるだろ？　お前らだって世話になってねーとは言わせねーぞ？」

「それは……」

「そうだけど……」

親父の会社は小さい故にか、なんというかアットホームな会社だ。社員旅行には俺は勿論、幼馴染の涼子も智美も良く一緒に連れていってもらって、従業員の皆には随分可愛がってもらった。まあ、息子の俺が言うのもなんだが、経営者としての才覚はないが人望はあるんだろう、ウチの親父殿は。

「徳さん、こないだ子供生まれたばっかだし、山岸さんの娘さん、来年大学生だろ？　そんな中で親父の会社が倒産したら、さ？」

俺の家だって大変だ。まあ、昨日の話じゃウチの本家は名家らしいし、何かしらの援助はあるのかも知れんが……それにしたって、直ぐの話にはならんだろう、たぶん。

「……なら、俺が我慢するのが一番いいのかな、ってな」

「……」

「……」

「……なんだよ？　しんみりすんなって」

「……しんみりするよ、馬鹿。だって……もう！　ヒロユキの馬鹿！」

「おま、馬鹿は酷くない？」

「私だってそう思うよ？　浩之ちゃんのその、皆の為に我慢するのは凄く立派だし格好いいと思うけど……やっぱり、馬鹿だよ、浩之ちゃんは！」

まあ、そうだよね。俺だって馬鹿だと思うし。

「それに……ねえ？」

「うん……だよね？」

「これ、結構ヤバい状況じゃない、涼子？」

「ヤバすぎるよ……正直、想定外だもん……」

「……どうする？」

「……明美ちゃんに言う？　助けてくれるかも」

「えー……まあ、頼りにはなるけど……明美出てきたら鬼の首取ったように言われそうだしな～」

「……だよね～」

「おい、なんで明美が出てくるんだよ？」

明美は東九条（ひがしくじょう）の本家の一人娘で、俺たちの同級生だ。よく俺の家に遊びに来てたし、当然涼子や智美とも面識があるが……

「なんでもないよ、浩之ちゃん」

「うん、なんでもないよ、ヒロユキ」

「……絶対、なんでもあるだろう」

「ないって。それよりさ、ヒロユキ？　貴方（あなた）の言っていた許嫁って」

「――ちょっと良い？　東九条浩之君」

不意に。

話に夢中で気付かなかったが、いつの間にか校門に辿（たど）り着いた俺に掛かる声があった。視線をそちらに向けると、そこには。

「――ちょっと時間貰える？　っていうか、無理でも作ってくれるかしら？」

俺の許嫁である、桐生彩音（きりゅうあやね）が腕を組んでイライラしながら立っていた。

俺の通う私立天英館高校は『そこそこ』なレベルの進学校である。そんな進学校の校舎裏といえば、ヤンキーがたむろしてタバコを吸っている様な場所でも、『お前、放課後校舎裏な？』とマウントを取りにいく場所でもなく、例えば机や下駄箱にハートの付いた便箋が入っていてドキドキしながら向かう、まあ有名な『告白スポット』だったりする。

「……聞いてるわよね、貴方も？」

……する、ハズなんだけどな～。

「……まあな」

つうか、俺と桐生って初対面だよな？　なのに何、こいつのこのクソ偉そうな態度。流石、『悪役令嬢』。

「……そう。それじゃ話が早いわね。これから私と貴方は『許嫁』よ。どうぞよろしく」

俺の前でそう言って組んだ腕の右手の人差し指で左の二の腕あたりをトントントンとリズミカルに叩いてみせる美少女。とてもじゃないけど『愛の告白』とは思えないし、『どうぞよろしく』みたいな殊勝なことは微塵も考えてないだろう態度をとるその少女こそ、私立天英館高校二年二組、桐生彩音だ。

俺の通う天英館高校の二年生の中でも——いや、学校全体でもとびっきりの美少女で有名だ。

しかも、家はお金持ち、成績優秀、スポーツ万能の、まるでアニメか漫画、或いはライトノベルからでも飛び出したかの様な完璧お嬢様。完璧お嬢様、なのだが。

「聞いてるのかしら？　それとも耳が聞こえないのかしら？　顔の横についているそれは飾りか何かなの？　返事くらいしたら？」

この通り、口と性格がまあ、壊滅的に悪い。付いたあだ名が『悪役令嬢』というあたりは、なるほど頷ける話ではある。

「……悪い。返事が出来ないワケじゃなくて俺も驚いてたんだよ。だって急に許嫁だぞ？　びびらないワケねーだろ？」

両手を挙げて降参のポーズ。そんな俺に、桐生は深々とため息を吐いた。

「……そうね。まあ、正直『許嫁がいる。しかも同じ学校に』って聞いてイヤな予感はしてたのよ」

「イヤな予感？」

「貴方、東九条の分家筋でしょ？　この学校で許嫁がいるって聞いた瞬間、貴方のことが頭に浮かんだわよ」

「……そうなの？」

俺、学校でそんな目立つ存在じゃないんだけど。そんな俺の疑問に答えるかの様、桐生は少しだけ軽蔑した風な目を見せてフンと鼻を鳴らす。

「勘違いしないでよ？　別に『貴方』のことを見てたワケじゃないわ。私が見てたのは『東九条』よ」

「……違うのか、それ？」

「当たり前じゃない。貴方個人に興味は微塵もないけど……古くは五摂家に連なる名門でしょ、東九条家は。私の家の『弱いトコロ』を補完するならこれ以上ない良縁よ」

そう言って、憎々し気に俺を睨む桐生。こえーよ。

「……良縁なら、良かったじゃん」

その瞬間、桐生の立ち姿の後ろに、怒ったかのように全ての毛が逆立った猫の幻影が見えた気がした。が、それも一瞬、桐生は深々とため息を吐いて、諦観の念を見せた。

「……そうね。『良縁』といえば『良縁』ね」

「……なんか含みのある言い方だな？　なんだ？　言いたいことあるなら聞くが？」

「言いたいことは山ほどあるわ。あるけど……貴方にそんなこと言っても仕方ないでしょ？　今更言ってもどうしようもないし……そうね、もう少し建設的な話をしましょう。放課後、暇かしら？」

「……暇だよ」

「なら、少し付き合ってくれない？　お父様が私たちが暮らす新居、用意してくれたから」

「……新居だ？」

「……張り切ってるわよ、お父様。この日の為に学校に近い物件の新築を押さえたって言ってたわ」

そう言って肩を落として、再びため息を吐く桐生。

「それはまた……用意周到なことで」

「……おかしいと思ったのよ。なんで私が天英館高校なんか通わなくちゃいけないいんだろうって思ってたもん。これ狙ってたのね、お父様」

「……そういやお前、私立の女子中だっけ？」

「そうよ。『聖ヘレナ出身のお嬢様』が新入生にいるって。最初はすげー話題になったもんな。『庶民の生活も学ぶことが重要だ。純粋培養のお嬢様では役に立たん』とか言ってたくせに……買ったマンション、学校から近い所じゃない……騙された……っ！」

ギリギリと歯ぎしりする桐生の姿がちょっと怖い。なまじ、美少女なだけに余計に。が、それも一瞬、桐生は『はぁー』と大きく息を吐く。

「……まあ、そういうわけで放課後は予定、空けといてくれるかしら？　迎えに行くから、クラスに」

「拒否権は？」

「ないわ」

「……横暴じゃね？」

「……残念ながら私にもないから勘弁して頂戴。家の案内もしなくちゃいけないし、一緒に行きましょう」

「……一人で行くぞ？」

「場所、分からないでしょ？　後で説明するのも二度手間だし。それじゃ、放課後に」

ひらひらと手を振って、校舎に戻る桐生。その後ろ姿を見ながら。

「……大丈夫かよ？」

今後の生活に一抹の不安を感じるのを抑えることが出来なかった。

「……お疲れ、ヒロユキ。大丈夫？」

いつもの様に、教室の窓際の一番後ろ、恐らく教室内でも一、二を争うベストグリッドに腰を降ろした俺に掛かる声。

そちらに顔を向ければ、心配そうな表情を浮かべる智美の顔があった。

「……疲れたよ。マジで」

「……ご愁傷様」

「ああ」

「それで……こんなこと聞くのもなんだけど……ヒロユキの許嫁って」

「ご察しの通りだ」

「……『悪役令嬢』か……ねえ、ヒロユキ？　やっぱりおじ様、一発ぶん殴っておく？」

「……遠慮しとく」

流石に俺も幼馴染を犯罪者にしたくない。むしろ、親父を殴っても罪に問われない様にしときたいけどな。そう思い肩を落とす俺に、智美が心配そうに声を掛けてきた。

「……本当にお疲れみたいね？　なんか言われたの？　具体的には『なんで私が貴方のような冴えない子と!!』みたいなこと」

「あー……」

……言われた、といえば言われたんだが……

「……そんな感じでもねーか？　少なくとも、そこまで馬鹿にはされてないかも」

むしろ今のお前の言葉のが酷い。なんだよ、冴えない子って。ジト目を向ける俺に、智美もジト目を返してくる。

「……ホントに？　だって『あの』桐生さんでしょ？　『貴方みたいな庶民と私が釣り合うわけないでしょ!?　オーッホホホ！』くらい、言いそうじゃない？」

「……まあな」

イメージ、マジでそんな感じだが……こう、意外にそうでもないというか……

「……そこまで酷いことは言われてない、かな？」

「……」

「智美？」

「……まさか、桐生さんに気に入られたりしたの、ヒロユキ？」

「そうでもないと思うが……まあ、これからかな？」

そう言って机に突っ伏す俺。なんにしても、疲れた。申し訳ないが一時間目は自主休講にさせてもらおう。体力の回復を図るべきだろ？

「あー……ヒロユキ？　良いお知らせと悪いお知らせがあるんだけど」

「……ぶっちゃけ、どっちも聞きたくないけど……悪いお知らせは？」

「一時間目、体育よ。四組と合同で」

「……マジか」

「マジ」

「……良い知らせは？」

「体育、バスケだってさ」

「あんまりそれも良い知らせじゃないな」

いや、バスケは好きだけどさ？　でも、今のこの状態でやるのは正直しんどい。そう思った俺が気に喰わんのか、智美が不機嫌そうな顔を浮かべる。

「……なによ、ヒロユキの馬鹿。バスケはアンタの得意種目でしょ？　それぐらい一生懸命やりなよ」

「はいはい」

「それと……ヒロユキ、早く教室出た方が良くない？」

「なんで？」

「ヒロユキが良いなら良いけど……ココで女子が着替えるんだよ？　私のなら別に良いけど

……他の子のはまずいんじゃない？」

にやっと笑う智美の笑顔に、俺は慌てて周りを見渡す。そんなに長い時間話した記憶もないのに、気付けば女子ばかり。

「……お呼びでない？」

「そういうこと。体育館でバスケだからね」

智美の言葉を背中で聞きながら、慌てて俺は教室を飛び出す。教室の中では笑い声。一番大きな声が智美であるところを見ると、恐らく俺の話題で盛り上がっているんだろう。若干（じゃっかん）嵌（は）められた感がしないでもないが……

「……まあ、智美だしな」

智美に掛かってはしょうがないか。

「……お、浩之！　遅かったな！」

体育館に着いたところで、三組のクラスメイトである田中（たなか）が声をかけてくる。人懐っこい笑顔を浮かべている田中だが、俺はそんな田中にジト目を向けてみせた。

「……行くんだったら声掛けてくれよな」

「折角（せっかく）、鈴木と楽しそうに話してたし、邪魔しちゃ悪いかなと思ってな」

「ったく……何が邪魔だよ、何が」

「それより浩之、今、結構面白いことになってるんだ」

「面白いこと？」

「四組に佐島っているだろ？」

「佐島？　バスケ部の？」

「そ。その佐島とウチの藤田の好きな女ってのが一年の子でさ。もろにバッティング」

「それで？」

「だから、その子に告ろうってことになったんだけど……どっちが先に告るかで揉めてさ。んじゃ丁度良いからバスケ勝負ってことになったんだ」

「それは藤田が不利だろ？　佐島って次期バスケ部のキャプテン候補だろ？　勝てるわけねえじゃん」

「そう。んで、今藤田が有志を集めてるところ。ＭＶＰには賞品も出すって」

「賞品？」

「映画のタダ券。ほら、こないだ公開されたやつ」

「ああ、あのハリウッドの大作ってやつか」

「それそれ！　どうだ？　浩之も一口乗らね？　バスケ、得意だろ？」

……いやね？　藤田の気持ちも分かるよ？　分かるけどさ？　なんで俺、自分に『許嫁』なんて規格外の代物出てきてるのに、人の恋路の心配してやらなあかんのよ？　しかも映画のタダ券って。

「映画、ね……まあそんなもの、さして興味も……」

「乗った！」

その時、不意に後ろから聞きなれた声が響く。どうでも良いが近くで大声を出すな。耳が痛い！

「……智美」

「何よ？　ほら、ヒロユキも出るわよ！　藤田～！　私らも出る！」

そう言って人の返事を聞きもせずに、ずるずると智美は俺を引っ張っていく。

「浩之、お前も出てくれるのか！　しかも鈴木まで！　よし、これでこっちが勝ったようなものだな！」

さっきまでは背水の陣で臨むような顔をしていたくせに、急に顔に精気がみなぎったようになる藤田。なんともまあ、現金な奴だ。

「ちょ、藤田！　お前、鈴木はずるいだろ！　女だぞ！」

「何よ、佐島。文句あるの？　それとも負けた時の言い訳？　女には本気が出せない？」

一生懸命抗議する佐島くん。顔ぐらいは見たことがあるが、仲良くもないので一応くん付け。ま、佐島くんの言ってることも分かる。流石に智美に負けたら格好がつかないもんな。運動神経抜群で、しかもバスケ部のエースなだけあって当然、智美はバスケが上手い。最近智美のプレーは見ていないが、いくら佐島くんがキャプテン候補だからといって、地区大会一回戦負けのウチの男バスのレベルでは到底歯が立たないだろう。

「な、なんだと！　ちょっとバスケ上手いからって調子に乗るなよ！」

「ふふん。そういうことは勝ってから言いなさい！」

よせば良いのに、智美も煽る煽る。段々、佐島くんの顔色が変わっていくのが手に取るように分かった。

「あー……智美、その辺でやめとけ。藤田、佐島くん。さっさと始めよう」

誰も仕切る人がいないので、しょうがなく俺がこの場を仕切ることに。正直、あんまり目立つことはしたくないが、面倒くさいことは早く終わらせるに限る。

「ふふん！　佐島？　折角だし、もうちょっとベット、上げようよ？」

「ベットを上げる？」

「そう！　私たち女子バスケ部は体育館、もっと使いたいんだよね～」

「……それは俺らも一緒だよ」

「でしょ！　だから……勝った方が一週間、体育館を独占！」

「はぁ!?　んなもん、俺の一存で決められるワケないだろうが！」

「何言ってんのよ、次期キャプテン」

「次期キャプテンでも現役キャプテンでも一緒だ！　んなもん、無理だ無理！」

そう言って背を向け、自陣のコートに進む佐島君。そんな佐島君に向かって智美は。

「あっれ～？　怖いの？」

……だから、煽るな。

「……なんだと？」

「女子含めたチームに負けるのが怖いんだ〜。ふーん〜。ま、佐島がそれで良いんだったら良いけど〜？」

だから、智美さん？　煽るのやめてくれません？

「上等だ！　それじゃはじめるぞ！」

そう言ってコートの半分に三組の面々、もう半分に四組の面々が散らばる。ジャンプボールは佐島くんと田中。ここは当然というべきか佐島くんが勝って、ボールは四組ボール。

「ソッコー！」

バスケ部仕込みの大声で『ソッコー』と叫びながら佐島くんがパスを受ける。一回戦負けとはいってもバスケ部はバスケ部。ドリブルをしながら我らが三組の面々を抜き去り、軽々とレイアップシュートなんぞを決めてみせる。

「どうだ！」

藤田に向けて、これ見よがしにガッツポーズ。その姿に、藤田が悔しそうに顔を歪めた。

「くそ！」

「焦るな焦るな。それでも、智美にボールを集めれば勝てるだろ？」

「そ、そっか！　よし、鈴木にボールを集めるぞ！」

俺の言葉でコロっと元気になる藤田。相変わらず現金な奴だ。ちらっと智美を見てみれば、佐島くんも心得たもの。ぴったり智美に張り付いている。

「ひ、浩之！　鈴木にぴったりマークしてるぞ！」

「だから焦るなって。取りあえずドリブルで向こうのコートまで持っていけよ」

俺の言葉に一つ頷くと、藤田が不安な足取り（手取り？）でボールをダムダムついていく。

「こら！　ヒロユキ！　アンタ、サボらずにしっかり働きなさい！」

ぴったりマークされながらも、しっかりこっちを見て文句をブーブー垂れる智美。

「ほっとけ！　お前はさっさとマークを振り切れ！　バスケ部だろ？」

「なにを！」

「っていうか、仲間内で喧嘩しないでくれ！」

俺らの口論を聞いて藤田が泣きそうな声を上げる。藤田にとってここは正念場。恋愛は先着順じゃないと思うけど、相手よりも先にという感覚は分からんでもない。

「藤田。ボール貸せ」

藤田が覚束ない手つきでこちらにパスを送る。ドリブルをしながら周りを見渡してみるも、智美には佐島くんがぴったりマークについてるし、なかなかパスは出せそうにない。

「……しょうがない」

スリーポイントラインに足を揃え、ゴールを見据える。垂直に落ちて、ネットを揺らすイメージ。そして足を踏み切り、ボールから手を離す。

スポッという音を立て、ゴールネットにボールが吸い込まれた。

「……」

「……」

両軍、唖然。無理もない。打った俺もびっくりしたよ。結構入るもんだな、スリーポイント。

「お、おおおおお！」

ついで歓声と怒号。両軍最高に盛り上がっているようだ。しかし、これだけ盛り上がられると逆に照れる。

「やるじゃん！　ヒロユキ！」

嬉しそうに智美がバシバシと俺の背中を叩く。加減しろ、痛いって。

「ただのラッキーだよ」

「見てよ、佐島の悔しそうな顔。ざまあみろだわ！」

「……嫌いなのか？　佐島くん」

「ん？　別に嫌いじゃないよ。嫌いじゃないけど……でもさ？　やっぱり勝負事はマジにならないと！　面白くないじゃん！」

「……へえへえ」

智美の言葉を軽く聞き流し、俺はゴール下へ。流石に何回も速攻を決めさせるわけにはいかない。周りが素人ばかりの集団である為に、結局佐島くんが一人でボールを持ってシュートの展開ばかり。勿論それはこちらにもいえること。智美頼りになりがちで、あちらと大して変わりない。

「二十一対二十二か」

試合も終盤。いつの間にか審判役を買って出ていた体育教師の、『ラスト一分！』の声が体育館に響く。

「……ヒロユキ」

「なんだ？」

「私、結構勝ちたいんだけど？」

「そうか。悪いが俺はそうでもない」

「と、いうことで後はよろしく。負けたら許さないから」

「な、何？　人の話を聞け！」

俺の話なんか聞いちゃいねえ。ボールを持っている佐島くんに一直線に走っていき、マンツーマン。

「佐島！」

「なんだ？」

「ボール頂戴（ちょうだい）？」

「やるか！」

「あ」

「今度はなんだ！」

「チャック開いてる」

「何！」

「うそぴょん」

思わず腰が砕けそうなほどあっけないやりとりで、佐島くんからボールをスチールする智美。っていうか佐島くん、メンタル弱すぎ！　ジャージにチャックはないだろうが！　なんかトラウマでもあんの？

「ヒロユキ！」

智美からボールが回ってくる。さっきの智美の言葉を聞く限り、負けたら本当に許されそうにない。仕方ないか。

ドリブルをしながら一人目。眼鏡をかけたガリベン君なんだろう。おろおろしながら道を開けてくれる。

「……どうも」

ついついお礼なんぞ言ってみたりしながら二人、三人と抜き去る。四人目は確かサッカー部でディフェンダーをやってた奴だ。バスケとサッカーじゃ全然違うが、基礎体力や反射神経ってところじゃ共通する部分が多いし、何より勝負なれもしてるだろ。事実、俺じゃなくて、きちんとボール見てるし。

「もらった！」

大声を張り上げながら、サッカー部の奴はボールに向かって一直線に手を伸ばす。その手からボールを庇うように守り、一回転して抜き去る。

ゴール下までたどり着いたところでラスボス、佐島くん登場。流石に今までのような簡単なフェイントじゃ抜けそうにない。

「がんばれ〜！　ヒロユキ！　抜けー」

うん。後ろから智美の声が聞こえるところをみると、あいつこっちに来る気ないな？　最後まで俺にまかせっきりのつもりだな？

「仕方ねえな」

ボールをまたぐようにドリブル。つられることはないが、驚いた顔になっている。ど素人と思っていた人間にいきなりこんなことされたら流石にびびるわな。折角出来た隙だ。有効に活用させてもらおう。一気に右から抜きに掛かれば、慌てたように右についてくる。そこで一旦ストップ。思わずたたらを踏む佐島くん。チェンジオブペースで一気に左から抜き去る。そのままレイアップシュート。

「さ、させるか！」

後ろから佐島くんの声が聞こえる。ファール覚悟で後ろから止めにきているようだ。俺の右手のボールに佐島くんの手が伸びている。ファールをもらってフリースローでも良いけど、興も乗ってきた。ファールなんかさせるか。

佐島くんの手が俺のボールに触れるその瞬間に右手のボールを左手に持ち替え、そのままレイアップシュート。ダブルクラッチってやつだ。宙を舞ったボールは、そのまま吸い込まれるようにリングの中へ。

「……」

「……」

両軍、再び唖然。ちらりと、智美の方を見れば、満足げに頷いている。

「……先生？」

心ここにあらずの顔をしている先生の下へ。恐らくファールを宣告するためだろう、笛を加えたまま固まっている先生は、俺の声を聞いてはっと気付いたかのように視線を俺に戻す。

「な、なんだ？」

「時間、来ましたよね？　三組の勝ちで良いですか？」

慌てたように時計を見、ホイッスルを高らかと鳴らす。二十三対二十二、三組チームの逆転勝利であり、同時に藤田の先着告白権が確定した。おめでとう、上手くいきゃいいな。

「ひ、浩之！　お前すげーなー！」

当の藤田、ニコニコ顔でこちらに駆け寄ってくる。勝負に勝ったのが嬉しいのか、先に告白できるのが嬉しいのか、それともその両方か？　一緒のクラスだが今までで一番良い笑顔を見せてくれたかも知れん。

「なーに。漫画で見たとおりにやってみたら出来た」

「そっか！　まあ何にせよありがとう！　今日のＭＶＰはお前に決定だよ！」

「智美は良いのか？」

「大丈夫！　ペアチケットだ！　鈴木と行ってこい！」

そう言いながら、がははとジャイ○ンみたいな笑い声を上げながら佐島くんの方へ。何か一言言って帰るつもりか？　やめときゃ良いのに、煽るの。何このクラス？　好戦的すぎやしないか？

「よ、お疲れ」

ポンと肩を叩かれ、振り向くとそこに智美の笑顔。元々整った顔立ちの智美の少し上気した顔は、なんだか色っぽい。

「お前……最後、手を抜いただろ？」

「ん？　流石に一人でコートの中走り回ったら疲れるもん。それよりもヒロユキ、最後格好良かったじゃん！　涼子、がっかりするだろうな～。自慢しちゃおう！」

「煽るの禁止な？　まあ、ただのラッキーだって。取りあえずＭＶＰは俺が貰ったらしいぞ。賞品は智美と二人で行けってさ」

「マジ？　んじゃ今日行こうよ、今日！　部活、休みだし！」

「そうだな、それじゃ――」

『……まあ、そういうわけで放課後は予定、空けといてくれるかしら？　迎えに行くから、クラスに』

「あー……今日は無理だ」

「無理？　なんで？」

「なんでって……」

残念ながら、俺、今日『悪役令嬢』とデートだわ。なにこの字面、最悪なんだけど？

「ヒロユキ、帰ろ？　涼子誘ってさ。なんか甘いものたべたーい」

「……お前は健忘症かなんかなの？」

放課後、憂鬱な気分で帰り支度をしていた俺に掛かる声、智美だ。俺にそう言われてきょとんとした顔を見せた後、『ああ』とばかりに手を打ってみせた。

「ヒロユキ、デートだっけ？」

「馬鹿！　声が大きい！」

そんな声でデートとか言うな！　面倒くさいことになるに決まってんだろ！

「……なんだ、浩之……デートなのか……」

ほら見ろ！　その言葉を聞きつけた恋愛ゾンビどもが群がって――

「――藤田？　どうしたよ、そんな顔して？」

一時間目の体育の時にはキラキラと輝いていた顔には生気のカケラも見当たらない。ええっと……どうした、藤田？

「……ふ……笑ってくれ、浩之。哀れな俺を」

「笑ってくれって……あ、もしかして」

「言うな！　それ以上言うな！　武士の情けだ！」

「……」

……ならば、何も聞くまい。

「……なんだよ……『っていうか、誰ですか？』って……」

「……聞くまいと思ったのに」

「……こないだ話したじゃん。一目惚れだったのに……」

「……」

……なんだろう？　若干、発想がストーカーなんだけど。

「……そんな俺に比べて浩之はデート、だと……？」

「いや、ちゃうねん」

「なんでそんな似非関西弁を使うんだよ！　なんだ？　デートか？　誰と行くんだ！　吐け！　吐きやがれ！」

「ちょ、やめろ！　肩を摑んで前後に振るな！」

出ちゃう！　お昼に食べたサバの煮込み定食が出ちゃう！

「分かった！　言うから！　言うからやめろ！」

「さあ、言え！　誰と行く？　何処に行くんだ！　鈴木か？　賀茂か？　どっちにしろ、美少女侍らせやがってぇええええ!!!」

「……も、もう……藤田、美少女なんて……」

「お前は照れるな、智美」

藤田の言葉に、頬（ほお）に手を当てて『やんやん』と体を小さく揺する智美。女子にしては高身長の女性がやるソレは、端的にいって気持ち悪い。

「……別にそんな色気のある話じゃねーよ。あー……まあ、ちょっと家の用事でな？　この後、ちょっと寄るところがあるって話だ」

「家の用事？」

「俺の親父（おやじ）と向こうの親父が親しくてな。ちょっと頼まれごとがあるんだよ」

俺の親父と桐生の親父さんが親しい……かどうかはともかく、まあ、知らない仲ではないし、金で結ばれた関係は何よりも固いとかいうので間違いではない。桐生の親父さんからの依頼で、『新居を見に行く』というミッションが発生しているのも間違ってない。

「……ヒロユキ」

「……なんだよ？　別に嘘は言ってないだろ？」

「嘘は言ってないけど……なんか、狡（ずる）いな」

「狡いとはなんだ、狡いとは」

藤田に聞かれないよう、ひそひそと智美と会話をする。そんな俺たちを胡乱（うろん）な目で見つめ、藤田は小さく息を吐いた。

「はぁ～。ま、浩之だしな」

「どういう意味だよ？」

「別にお前は今からがっつかなくても良いって話だよ。鈴木に賀茂、可愛い幼馴染がいて……羨ましいやつめ！」

「羨ましいって……そうか？」

「そうに決まってんだろ！　つうか、そもそも贅沢なんだよ、お前は！　俺だったら鈴木や賀茂置いて他の女と遊びになんて行かねーもん」

「ねー！　藤田もそう思うでしょ？」

「思う思う！　と、いうことで鈴木！　俺と二人で――」

「あ、無理」

「――遊びにって、早い！　食い気味じゃんか！」

「皆とならともかく、藤田と二人はないかな～。勘違いされてもイヤだしぃ？」

「……くっ……浩之……俺はお前が妬ましい……！」

「……どうしろっていうんだよ、俺に」

別に俺が望んで幼馴染になったわけじゃねーし。つうか藤田。泣くことはねーだろ、泣くことは。

「……まあ、良い。それで？　その女子って誰よ？」

「……黙秘権は？」

「ねーよ」

……はぁ。

「……桐生」

「は？」

「だから、桐生だよ。桐生彩音。知らないのか？」

　どうせアイツ、こっちに来るって言ってたしな。それなら遅かれ早かれバレるし、下手に隠し事した方がなんだか面倒くさくなりそう。そう思い答えた俺を見る藤田の視線が——あれ？　なんで？

「……なんでそんな憐れみの籠もった視線を俺に向けるの？」

「いや……だって、桐生ってアレだろ？　『悪役令嬢』」

「……まあ」

「顔良し、スタイル良し、頭良し、運動神経良し、なのに性格と口が壊滅的に悪い、あの桐生彩音だろ？」

「……まあ、間違ってはないだろうけど……やっぱり有名なんだな、アイツ」

　俺も『桐生っていう、顔はめっちゃ良いけど性格がめっちゃ悪いヤツがいる』ぐらいは知ってたけどさ。

「知らないのか？　一年の頃に告白してきた男子に『貴方、鏡見たの？　というか、良く私に告白出来たわね、その程度の顔で？　なに？　男は顔じゃない？　そうね？　確かにその通りだわ？　でもね？　それじゃ、貴方、何か誇るものがあるの？　お金？　運動神経？　頭？』ってボッコボコにしたらしいぞ」

「……」

「勉強頑張ってる女子に対しても『貴方、こんなことも分からないの？　本当に勉強をしてるのかしら？　こんな問題、誰でも解けるハズだけど？』って言ったとかって話もあったな」

「……」

「それから……ああ、バレー部の女子の話もあったな？　練習中にいきなり現れたかと思うと『ほらほらほら！　これぐらい取ってみなさいな？　おーっほほほほ！』ってスパイクを滅多打ちにして、二人やめさせたとか！」

興が乗ってきたのか、声を大にして喋る藤田。

「そんな桐生と二人でお出かけだろ？　何その罰ゲームって感じじゃん？　はーっははは！浩之、可哀想なヤツめ！　天罰だ、天罰！　心が折れてしまえ」

楽しそうに、本当に楽しそうに喋る藤田。その、あまりに嬉しそうな表情に『あれ？　俺、コイツと友人関係で良いのかな？』と思わないでもない。思わないでもないが……まあ、許そう。

「……随分、面白そうな話をしているわね？　なに？　私も混ぜてもらえるかしら？」

——その顔が、これから絶望に染まるんだから。

「おお、混ざれ混ざれえええええええええええええええええ!!」

「あら？　良いのかしら？　『悪役令嬢』である私が、私自身の噂に混ざっても？」

「き、きききき桐生さん!?　い、いや、これは、あの、そ、その……」

完全にパニックになる藤田。そんな藤田をちらっとだけ視界におさめると、桐生は視線を俺に向けた。

「待たせたわね」

「別に待っちゃいねーよ」

「そう？　それじゃ行きましょうか。それじゃ……鈴木さん、だったかしら？　さようなら」

「あ、私の名前知ってる感じ？」

「貴方は有名人ですもの」

「いやー、それほどでも。桐生さん程じゃないよ？」

「『悪役令嬢』で？」

「そ、そういう意味じゃないわよ！」

「冗談よ。それじゃあね」

そう言って小さく智美に手を振ると、俺に『行くぞ、オラ』と目だけで合図して。

「——ああ、そうそう？　藤田君……だったかしら？　貴方のこと、覚えたから」

……怖ぇぇよ。藤田、泡吹いてるじゃねーか。

「ほら、さっさと行くわよ」

「あ、ああ」

そんな桐生の後に続き教室を出て、廊下を歩き校庭に出る。隣には、もしかしたら学校一の有名人かも知れない桐生が歩いているということもあり、注目度がいつもとは段違いだ。まあ、智美や涼子と歩いていても羨望と嫉妬の視線を浴びるからよくあることといえばよくあることなんだが……そういう、ある意味では好意的な視線ではなく、なんというか『恐怖』って思われてる気がする。

「ねえ」

海を割ったモーセの様に校庭に集まる人が黙って俺らの進路を開けて、辿り着いた校門で不意に桐生が口を開いた。

「……なんだよ?」

「いつまでも黙ってても暇だし、何かお喋りでもしないかしら?」

「……そうか?」

むしろココでお前ときゃっきゃうふふと会話していたら、余計に注目を浴びそうで怖いんだが。と、いうかだな?

「なに? お前、俺とお喋りしたいの?」

「……逆になんでお喋りしたくないと思うの? 朝、言ったでしょ? 建設的な話をしましょう、って」

「なんでって……」

『貴方個人に興味はない』ってバッサリだったじゃん。今更建設的な話と言われても……と、視線で俺の言いたいことに気付いたのか、ちょっとだけ気まずそうに視線を逸らした。

「その……悪かったわよ。ちょっと朝は気が動転してて。それと、ごめんなさい。貴方の都合も聞かずに放課後の約束を取り付けて。反省してるわ」

「……都合、聞いてたじゃん」

「拒否権がない、なんて聞いている内に入らないわ。いくら貴方が気に入らないといえど、完全な八つ当たりだったわ」

「あ、気に入らないのは本音なのね。そんなに気に入らないのか、俺のこと」

俺の言葉に、気まずそうに顔を顰めさせる桐生。

「失礼だとは思ったけど……でも普通、そうじゃない？　逢ったことも見たこと……ぐらいはあるけど、それでも今まで関わりのなかった男の子に興味を持つと思う、普通？　余程魅力的ならそういうこともあるでしょうけど……貴方、興味持たれる程自分のことモテるとでも思っているのかしら？」

「……思ってねーよ。思ってないけど、いちいちバッサリ切り過ぎじゃね？」

泣くよ、俺？　泣いちゃうよ？

「まあ、鈴木さんとか賀茂さんが幼馴染とはいえ、高校でもずっと一緒にいるところを見る限り、悪い人間ではないだろう、ぐらいは想像が付くけど」

「智美と涼子？」

「引くてあまたの彼女たちが彼氏も作らずに貴方の側をうろちょろしてるんだもん。貴方にそれだけの魅力があるか、好みが壊滅的に悪いか……洗脳してるかのどれかでしょ？」

「……最後の二つに悪意を感じるが」

まあ、言わんとしていることは分からんではない。智美も涼子もモテるしな。と、いうかだな。

「……意外に喋りやすいのな、お前」

「意外って何よ、意外って」

「いや、だって……あくや――」

「私、そのあだ名嫌いなのよね？」

絶対零度の視線だ！　絶対零度の視線が俺を射貫いている！　いや、それ怖いって！

「――……そ、その、さっきの藤田の話を聞いてたらさ？　もうちょっとキツいアタリされるかと思ったんだが」

それが開口一番……ではないが、『ごめん』だもんな。悪役令嬢の口から出ちゃダメな言葉ナンバー1だと思うんだが。そう思う俺に、桐生は詰まらなそうな表情を浮かべてみせた。

「ああ、さっきの話？」

「そう。ちなみにアレ、事実？」

「まあ、六割方事実ね。ただ、私にも言い分があるの。聞く？」

「……聞こうか」

「告白に関しては『なあ、桐生、付き合おうぜ！　俺、顔もイケてるし良いだろ？』ってアウストラロピテクスの生き残りみたいな顔のくせに、そんなことを話しかけてきたから。頭もお猿さん並みだったし、運動神経も中途半端。そのくせ、勢いとしつこさだけは超一流で。『付き合うつもりはない』って言ったのに『照れるなよ』とか脳みそに蛆虫湧いてるんじゃないかってぐらい意味の分からない言葉が出てきたから……つい」

「……勉強してる子を罵倒したのは？」

「『良いわね～、桐生さんは。頭も良くて可愛くて、お金持ちだもんね～？　人生、楽勝ってカンジ？』って小馬鹿にしたように言われたのよね？　そもそも、テストで百点取ったのは私の努力の賜物よ。小杉さんが六十三点だったのはテスト期間中にも拘わらず、カラオケ行ったりしたからじゃない。だから、『ちゃんと勉強すれば貴方も百点取れるわよ』みたいなことを言ったんだけど……どうもそれが癪に障ったみたいで」

「……バレー部は？」

「それは完全にデマ。そんなに暇じゃないし、私」

そう言って詰まらなそうにそっぽを向く桐生。んー……。

「要は曲解されて広まってるってところか？」

「まあ、噂に尾鰭が付くのは仕方ないわよ」

「否定は？」

「自慢じゃないけど、私は容姿も整っているし、頭も良いし、運動神経抜群だし、お金持ちなのよ」

「すげー自慢じゃん」

いや、マジで。そう思う俺に、桐生は肩を竦めてみせる。

「……行き過ぎた謙遜は逆に不快だし、それにこれはただの事実確認よ。だから、そんな私に声を掛ける男子は多いわ。当然、嫉妬だって浴びるし、面白くも思われない。そんな私がわざわざ噂の火消しなんかして回ったら、弱みを見つけたと思って絶対今以上に攻めてくるに決まってるじゃない」

「その……友達とかは？」

「いないわね。正直、欲しいともあんまり思わない」

「強がりに聞こえるんだが？」

「強がりってワケでもないけど……まあ、本当に信頼できる友人なら、あって嬉しくないという つもりはないわよ？　でもね？　私の周りにいる子って、私を蹴落とそうとする子か、私に取り入ろうとする子しかいたことがないのよ。中学校は私立のお嬢さま学校だったし……私なんて特に、成り上がり者の小娘だからね。随分と辛酸嘗めさせられたわよ」

「それは……大変だったな」

「まあね。でも、慣れれば楽といえば楽、かな？　あれでしょ？　メッセージアプリに直ぐに返信しないと仲間外れにされるんでしょ？　イヤよ、そんな友人関係」

「そういうグループもあるにはあるが……」

「流石に一日携帯とにらめっこなんて、リソースの無駄遣いじゃなくて？」

「……まあな」

あれは俺もどうかと思うが。智美なんておはようからお休みまで暮らしを見つめる感じで、結構ウザいし。返事しなかったら怒るからな。

「にしても……まあ、随分とぺらぺらと自分のこと喋るな？」

「鬱陶しい？」

「いや、そうじゃないけど……初対面だろ、俺ら？」

「直接話すのは初めてね」

「だからまあ、不思議といえば不思議かな？」

俺の——というか、恐らく全ての生徒がイメージする『悪役令嬢』っぽくないというか……上手くいえんが、コイツ、悪役令嬢っていわれるほど悪い奴じゃねーんじゃねーか？

「そう？　だって私と貴方、許嫁でしょ？　そしてこのままいけば……具体的には私に東九条以上の良縁が見つかるか、貴方のお父様が借金を完済するかしない限り、高い確率で婚姻関係が成るわ」

「……そうだな。親父の借金のせいで……」

「……悪いとは思ってるわよ」

「思ってんの？」

「思ってるわよ！　だって貴方、こんなの殆ど人身売買じゃない」

「いや、そうだけど……でも、俺の親父の借金のせいだし」

「そうね。それも否定はしないわ。それでもよ」

そう言って立ち止まると、真摯な表情を見せて頭を下げる。

「……ごめんなさい。ウチの父のせいで、迷惑を掛けるわ」

「……頭上げろって。お互い様だろ？　謝罪はやめよう」

「……あなたがそう言ってくれるなら」

「ああ」

と、いうかだな？

「……なんか、お前本当にイメージ違うな？」

「イメージされるほど私のこと、知っているのかしら？」

「パブリックの方だよ。お前は……もういいや、嫌だと思うけど『悪役令嬢』って言われてるだろ？」

「……まあね」

「その割にはこう、素直に謝るし……悪役令嬢のイメージ、全然ないよな？」

「……悪いと思ったら謝るし、有り難いと思えば感謝もするわよ。でも」

「でも？」

少しだけ言い淀み。

「……そもそも私、口は悪いのよ。間違いなく」

「自覚あるのかよ。直せば？」

俺の言葉に肩を竦める桐生。

「これは私の『盾』みたいなものだから。軽々と外すことも出来ないの。でも、口ほど性格は悪くないつもりよ？」

「……」

まあな。ここまで話聞いてりゃ、悪い奴じゃ——少なくとも、噂よりはましだと思う。

「話が逸れたわ。どのみちいつか婚姻が成るのであれば、今の内から円滑な人間関係は築いておいて損はないと思うのよ。貴方を伴侶として愛する自信は……そうね、正直今はない」

「ひどい言い草だな、おい」

「貴方、あるの？　私を伴侶として愛する自信」

「……ねーな」

「でしょ？　でも、長い間連れ添えば『愛』はなくても『情』は湧くかも知れないじゃない、お互いに。なら、そこを目指して頑張りましょうと……まあ、そういう話よ」

「前向きだな」

「そう？　どっちかって言うと後ろ向きだと思うけど？　もしくは横向き」

それもそっか。

「……まあ、これから一緒に暮らすんだもんな。いがみ合っても仕方ないか」

「でしょ？　だからまあ」

仲良くしましょう、と。

「よろしくお願いね、許嫁さん」

「……よろしく、許嫁」

差し出された手を、俺は握り返した。

第二章　連れてこられた新居は……やり過ぎじゃない？

桐生に手を引かれ（手は引かれてない）、のこのことついてきた俺は電車に乗ること二駅、おおよそ二十分ほど揺られて降り立った駅に目を丸くする。

「……新津じゃねーか」

『新津』とは俺たちの住んでいる街でも有名な場所で、通称『田園調布』といわれる高級住宅街だ。盛り場の類もない為、この街に十七年住んでる俺でも訪れたことはせいぜい一度か二度程度。それも、親父の仕事のお使いぐらいだ。

「……え？　まさかお前の親父さんが買ったマンションって……ここにあんの？」

「そうよ」

「……お前、学校から近いって言ってなかった？」

「電車で二十分なら近いでしょ？　私の家、車で一時間掛かるもん」

「そんな遠い所から通ってたのかよ？」

知らなかった。っていうか、車通学なんだ。なんだろう？　本当にお嬢様ってカンジがするが……

「……あれ？　でも、車通学だったらもうちょっと噂になりそうなんだけど」

校門に黒塗りの高級車とか停まってた記憶がないんだが。

「徒歩十分ぐらいの所で降ろしてもらってるからね」

「なんで？　面倒くさくない？」

俺なら校門前まで送ってもらうが。

「なんでって……天英館高校は普通の私立高校でしょ？　そんな高校で黒塗り高級車が校門の前に停まってたらどう思う？」

「……間違いなく、やっかみの対象だな」

「でしょ？　別に人の悪意に晒されるのは慣れてるけど、別に敢えて晒されたいワケじゃないし。それなら、十分歩く方が楽で良いわ」

「しかし……新津か」

「何？　不満？」

「不満っていうか……なんだろう？　ちょっとビビってる」

なんていうか、街全体からそこはかとない『高級』があふれている気がする。それこそ、その辺をランニングしてるダンディなおっさんとか、犬の散歩してるマダムとかすら気品を感じる様な。

「まあ、この辺に住んでいる人ってお金も持ってるし、社会的地位も高い人が多いからね」

「場違い感が半端ないんだけど」

「何言ってるのよ。そうはいっても新津なんて新興の住宅街よ？　貴方だって世が世なら華族の御曹司じゃない。格は負けてないわよ」

「俺、その事実を土曜日まで知らなかったからな～」

「……そうなの？」

「本家が無茶苦茶でかい家ってのは知ってたし、親戚は皆羽振りが良いからそこそこ金持ってるんだろうな、とは思ってた。だからこそ、土曜日の親父の借金発言には思わずドン引いたんだが」

　本当に。冷静に考えれば、なんで親父は桐生の親父に金借りたんだろ？　嫌われてるのかな、俺んちって。

「そう……まあ、それが教育方針なのかしら、東九条の」

「どうかな？　まあ、今考えれば親戚の明美なんかは普通にお嬢様みたいな言葉喋ってたな。気持ち悪いと思っていたが……」

「明美？　ああ、東九条明美様？」

「知ってんの？」

「パーティーで何度か。華やかな方よね」

「まあな」

「……」

「……なに？」

「いえ……本当に親戚なの？」

「……いや、俺もちょっと疑ったことはあるけど……一応、又従姉妹のハズだ」

明美はすらっとした美人だし、確かに地味顔の俺とは全然似てはいない。いないけど、又従姉妹なんて似てなくてもおかしくないだろ？

「確かにね。でも、東九条程の家柄なら、親戚似てくるものよ？」

「そうなの？」

「何百年とその『血』を一族の中で回せば、特徴も出てくるってものよ。後、古い家系は美形が多い印象ね。個人的な意見だけど」

「二回目だけど……そうなの？」

「そうよ。よく、お伽話とかで美男美女の王子様お姫様出てくるでしょ？　あんなの当たり前じゃない。国の権力者なら、容姿の整った人なんて選びたい放題ですもの」

「……なるほど」

なんかあったたな、そういうの。どっかの王子様だかなんだかが、銀幕女優に恋して結婚するって話。そりゃ、美人女優の子供なら遺伝子的に美形が多いか。

「話が逸れたわね。新津を選んだのは丁度良い物件があったっていうのもあったけど、風評被害を減らす為ね」

「風評被害？」

「常識的に考えて、男女の高校生が一つ屋根の下で暮らすって、外聞悪いでしょ？」

「ま、そりゃそうだな」

「こう言ってはアレだけど……天英館高校に子弟を通わせる人間の多くは、新津に家を持つほどの財力はないわ。一応、括りは高級住宅街だし、わざわざ高校生が遊びに来るようなスポットもない」

「確かに」

俺も親父のお使いじゃなけりゃ、二度と来たいとは思わんからな。

「じゃ、同級生に逢わないってことか？」

「全く逢わないってことはないでしょうけど……それでも、学校の近くにアパート借りるよりは全然確率は低いと思うわよ？　私だってイヤだし、いちいち詮索されるの」

貴方はイヤじゃないの？　と問いかけられ、頷いてみせる。確かに、厄介ごとをわざわざ自分で引き連れて――

「……あ」

「……なによ、『あ』って。不安しかないんだけど？」

「いや……それじゃ、あんまり喋らない方が良いよな？」

「当たり前じゃない。って、まさか、貴方……」

「わりぃ。涼子と智美に喋った」

……おお、絶対零度の視線。特殊の筋ならご褒美なんだろうが、俺にとっちゃ気が気じゃねー視線なんだけど。

「……はあ。まあ、良いでしょう。鈴木さんと賀茂さんなら、遅かれ早かれバレるでしょうし。貴方たち、いつも三人で学校に来てるんでしょ？」

「まあな」

「それがいきなり来なくなれば『おかしい』とも思われるだろうし……そうね、その二人なら良いわ」

「悪いな」

「最初に釘を刺してなかった私も悪いから。気にしないで頂戴。ただし、これ以上の拡散は禁止よ！　絶対、面倒なことになるから！」

「分かった。ちなみにお前は？」

俺の言葉に、コクンと首を傾げて。

「私にそんな話をする友達、いると思う？」

「……なんか、ごめん」

「良いわよ。言ったでしょ？　別にいらないって」

さあ、そろそろ着くわよと言う桐生の後ろを黙って歩く。新津は高級住宅街と言ったが、そんな新津の中でも更に高級さを増す――具体的にはどっから何処までが敷地か分かんない様な日本家屋とか、ハリウッド俳優でも住んでんじゃね？　といった感じの高い塀のある洋館とか、そんなちょっと値段の想像が付かない様な家々を見渡しながら。

「…………ここね」

「……………マジか」

目の前に聳え立つ、高い高いマンション。階数は……目算で、三十階程度か？　なんというか、高級ホテルの様な風格を漂わすソレに、思わず目を点にする俺……と、桐生。

「……お前も初めて？」

「……初めてよ」

「……何階？」

「……三十二階。最上階よ。ちなみに部屋は５ＬＤＫらしいわ」

「……」

「……」

「……エレベーター壊れたら大変そうだな」

「……そうね。そんな感想しか出てこないわね」

あまりにも規格外なソレに思わずため息を吐き。

「――高校生二人にどんな新居よ、これ」

「……だな」

二人でもう一度ため息を吐き、おっかなびっくりエントランスを潜る。と、俺と桐生を出迎えてくれたのはピカピカに磨かれた大理石の床だった。

「……豪奢の限りを尽くしました、って感じなんだけど」

「……同感。っていうかここ、ジムとプールがあるらしいわよ」

「マジか」

「あそこの案内板に書いてあるから……きっとマジよ」

「……お前もマジとか言うんだな？　っていうか……スゲーな」

なんていうか、常識を疑う。ここまで豪華な必要あるのかよ、これ。

「金持ちだ、金持ちだとは思っていたけど……お前の親父、なんなの？　なに？　何か悪いことでもしてのし上がってる？」

「失礼なこと言わないでくれる？　ただの会社経営者よ。ＩＴ系の。まあ、ちょっとやり方は強引だけど……それでも、真っ当な仕事でここまでのし上がったって言ってたわ。『塀の上を歩いているのは認めるけど、落ちない自信はある』って」

「それ、真っ当じゃないヤツ」

「冗談よ。っていうか、冗談って言ってたし……目は笑ってなかったけど」

……もはや何も言うまい。そう思い、桐生と連れ立って二人でエレベーターホールに。『あれ？　象でも乗っけるんですかね？』と言わんばかりのバカでかいエレベーターに乗って一路、最上階へ。

「……スゲーな」

何がスゲーってこの最上階、二部屋しかないんだよ。つまり、俺と桐生の住む部屋ともう一世帯が住む分しかない。

「いちいち気にしてもしょうがないけど、同じ階に変な人がいてもイヤでしょ？　ホントはもう一部屋も押さえようとしたらしいけど……無理だったって」

「……マジかよ」

いや、そこまでするんだったら、もうちょっと小さくても良いんで一戸建ての方が安上がりだったんじゃないのか？　そう思う俺に、桐生は頷いてみせる。

「うん、私もそう思うんだけど……なぜか、お父様、このマンションに拘ってたのよね。まあ、良いじゃない。広くて困ることはないし」

そう言って桐生はマンションのカードキーで玄関を開ける。流石5ＬＤＫ、広々とした室内はなんだかパーティーでも出来そうだ。

「……絶景だな、コレは」

窓際に寄ってみれば、高層階なだけあって眺めは流石に最高だった。

「良い所は良い所よね、ここ。まあ、値段も高いし、良くて当然と言えば当然なんだけど」

「……そんなに高いの、ここ？」

「まあね。聞く？　顔が引きつると思うけど」

「……聞かない」

なんか、聞いたら俺が今まで築いて来た価値観とか吹き飛びそうだし。

「……っていうかさ？　一個聞いても良いか？」

「どうぞ。私に答えられることだったら」

「あ、ちょっと微妙かも」

「なによ?」

「いや……あのさ? お前って兄弟いるの?」

「一人娘だけど?」

それが答えられるか微妙な質問? と首を傾げる桐生に、黙って俺は左右に首を振る。

「いやな? 一応、俺とお前って許嫁なわけじゃん?」

「そうね」

「んで、お前が一人娘ってことは……いつか俺はお前と結婚してお前の会社を継ぐワケ……だよな?」

「違うわ」

「……へ? 違うの?」

「会社を継ぐのは私。貴方は婿養子ってことで、桐生の姓を名乗ってもらい……まあ、ウチの会社に入社することにはなるでしょうけど、でも、別に事業に携われなんていうつもりはないわよ? っていうか出来るの、経営?」

「無理だと思うから聞いたんだよ」

「言い方は悪いと思うけど、貴方に求めるのは『東九条』の……『ナマエ』よ。貴方はお金の心配なんかせずに暮らしてもらえば良いわ。世間体が悪いというなら……名ばかりではあるけど、役員待遇は約束するわ」

「……ヒモみたいだな、俺」

「当たらずとも遠からず、かしら。だから申し訳ないけど、本当に飼い殺しみたいな状態になるわよ？　生活自体は座敷牢での生活みたいなものだし」

「……マジか」

「……とはいえ、流石にそこまで縛るつもりはないわ。ある程度自由にしてもらったら良いし……そうね、この際だから言っておきましょう」

「何を？」

　俺の質問に、桐生はなんでもないようにノータイムで。


「──別に、他所に女を囲っても構わないわよ？」


　トンデモねーことを言った。

「ぶふぅ！　お、女って!?　なに言ってるの、お前!?」

「さっきも言ったけど、私は貴方を愛する自信はないわ。無論、『配偶者』としての義務は果たすつもりだけど、『恋人』として振る舞って上げられるかどうかはちょっと微妙なライン」

「……確かに。さっきも言ってたな」

「でも、それじゃ貴方に我慢させっぱなしでしょ？　流石にそれは申し訳ないから……あ、ただ避妊だけはちゃんとしてね？　隠し子なんて騒動の元だから」

「避妊とか女子高生が言うなっ！　いや……でも、それは……流石にどうよ？」

「別に良いのではなくて？　っていうか貴方はもうちょっと主張しても良いわよ？　今回はこっちのワガママな部分が大きいわけだし」

「いや、そりゃまあそうかも知れんが……でも、それを言うならお前だってそうじゃないか？　お互い様じゃん」

そう。

なんだかんだでコイツ、『許嫁関係』を結構受け入れている気がするんだよな。いや、いきなり喧嘩腰でこられても困るんだが……そう思う俺に、桐生は首を左右に振ってみせる。

「……いえ、違うわよ？　東九条の名が欲しい私と、私の家の我儘ですもの」

「いや、だから俺んちだってお金がいるからさ？」

「それは『貴方の家』の話でしょ？　貴方自身はどうなの？　もし、貴方のお宅に借金がなかったら、私との許嫁なんて受けてないんじゃないの？」

「それは……まあ。でも、それを言ったらお前だって――」

俺の言葉を遮る様に、桐生は右手を出して『ストップ』を掛ける。

「――私は違うわ。私自身が、『東九条』の名を欲したの」

「――……」

「さっきも言ったけど、私自身、『成り上がり』って随分馬鹿にされたわ。『あの方はお金だけ』と言われるのが悔しかったから、勉強も、運動も、美容にだって気を遣った。でも、頑張れば頑張るほど、『成り上がり』と馬鹿にされる。私は私の子供に、そんな惨めな思いはさせたくないの。だから、私の子供には古い——由緒ある家柄と縁続きになってほしいの」

「……『由緒ある家柄』って。んな大層なものかよ」

「貴方自身は興味ないかも知れないし、信じられないかもしれないけど、未だにあるのよ、そういう社会も。まあ、もっと言えば別に『東九条』である意味もないけどね。『そういう』家系なら、誰でも良いのよ」

そう言って、ふうと息を吐く。

「……ね？　我が家は私もお父様も要求してる。でも、貴方の家は貴方のお父様だけが要求してる。なら、貴方自身も何かしら要求しないと公平じゃないでしょ？」

それは……そうかも知れない。

そうかも知れないのだが、なんだろう？　引っ掛かるものがある。言語化しろ、と言われるとなかなかに難しいのだが、それでもこう……

「……浮気は、違うんじゃね？」

「そもそもこっちに『気』がないんだったら、別に『浮』気でもなんでもないと思うけど？」

「いや、そういう言葉遊びじゃなくて！」

「まあ、別に浮気じゃなくても良いわよ。もちろん、聞けないこともあるけど……それでも、貴方の願いはなるだけ聞いてあげるわ」

「浮気許されてそれ以上に許されないものとかあんの？　夫婦生活において」

「さあ？　まあ、その時になったら考えましょうか」

そう言うと、桐生は窓の外に視線を向ける。

「暗くなってきたわね。そろそろ帰ったら？」

「そうだな……お前は？」

「ここから家に帰るのは遠いし、今日は泊まっていくわ。寝具もあるし、電気も水道もガスも通ってるから」

「飯は？」

「食材が冷蔵庫にあるはずだけど……」

そう言って、冷蔵庫に向かって歩く桐生。なんとはなしにその背中を追うと、アイランドキッチンの隣に置かれた冷蔵庫の扉を桐生が開けた。

「……スゲーな」

冷蔵庫の中にはまるで宝石の様に並べられた数々の食材が、まるでその時を今か今かと待ちわびる様に鎮座（ちんざ）ましましていた。

「……良い食材じゃねーか」

「分かるの？」

「あれって京都で有名な豆腐屋の豆腐のパッケージだし……あそこに置いてある段ボール箱のマークも本家で見たことあるぞ」

「東九条の本家で使われてるなら間違いないわね」

そう言って満足そうに頷くと、桐生は冷蔵庫の扉をパタンと閉めた。

「ま、使わないんだけど」

「……………ゑ？」

「お父様のことだから……ああ、あったわ。流石、お父様。私のこと、よく分かってるわね」

そう言って台所の引き出しを開けてごそごそしていた桐生は、引き出しの中から何かを取り出した。

「……なにそれ？」

「……そうね。折角だし、貴方に決めてもらいましょうか」

そう言って並べられるのはピザ、お寿司、ラーメン、そばのチラシ達……って。

「って、これ全部デリバリーじゃねえか！」

「そうよ？」

「『そうよ？』じゃねえよ！　晩飯はどうした、晩飯は！」

「だからコレじゃない」

「だからコレって……ああ、あれか？　お嬢様もたまにはジャンクな食べ物を食べてみたいとか、そういう感じか？」

家では栄養管理バッチリな食べ物食べてるだろうし、ジャンクな品は食べなれてないのかも知れない。食材は若干勿体ないが、早々腐るものでもないし、まあたまには良いかとそう思い、問いかける俺に。

「──違うわ。単純に料理出来ないのよ、私」

可愛らしく、首を傾げながらそう宣った。マジかよ。

「……いや……料理出来ないの？」

「そうね。必要なかったもの。家には家政婦もいるし、私が料理をするよりも、プロに任せた方が美味しいじゃない？　だったら無理に私が作る必要はないと思わない？」

いや、『思わない？』って。まあ確かに、その言葉には一理ある気もせんでもないが……つうかそれじゃあの食材、なんのためにあるんだよ……って、ん？

「……って、ちょっと待て。あのさ？　俺ら、これから二人で暮らすんだよな？」

「そうね」

「食事、どうするつもりだったんだ？」

「食事？」

そう言って少しばかり考え込んだ後、桐生ははっとした様な表情を見せる。

「……まさか貴方、私に作らせようと思ってたの？」

「いや、別にお前一人に任せる気はさらさらなかったんだが……」

大して考えてはなかったが……それでもやっぱり、当番制が良いんじゃないかとはちょっと思ってたんだよな。だが、今の言葉を聞く限り、料理は壊滅的、と。

「……なによ。別にいいでしょ？　店屋物も美味しいじゃない！」

「否定はせん。否定はせんが……ちなみに洗濯は？」

「洗濯機に突っ込んだら綺麗になるのは知ってる」

「掃除は？」

「別に毎日しなくても死ぬことないでしょ？」

「風呂を入れたりとか……」

「……マニュアルを見れば、なんとか出来るんじゃないかしら？　やったことないけど」

「……買い物は？」

「……それぐらいは出来るわよ。じゃないとデリバリー頼めないじゃない」

ま、それはそうか。それはそうなんだろうけど……

「お前さ？　さっき、『配偶者の義務は果たす』とかなんとか言ってなかったっけ？」

「……別に家事をやるのが配偶者の義務ってワケじゃないでしょ？」

そう言いながらも……気まずそうに視線を逸らす桐生。まあ、今までやったことないことをするのは難しいけどな。

「……にしても、食生活はヤバいな」

「そうかしら？　美味しいもの、たくさんあるわよ？」

「お嬢様っぽくない発言だな。ジャンクだぞ？」

「美味しいものは美味しいわよ？　それに、別にジャンクだからってバカにする必要はないわ」

「俺も別に馬鹿にはしてないが……でもな？　流石に毎日デリバリーじゃ体にもお財布にも悪

いぞ？」

「お財布事情は気にしなくても大丈夫だけど……ほら、今は健康食宅配弁当とかあるじゃない？」

「……いや、あるけどさ」

それで栄養管理は完璧かも知れんが……ま、仕方ない。

「……台所、借りるぞ」

「……は？」

「だから、台所借りるぞ。作るぞ、晩ご飯」

「いや、別にここは貴方も住む家だから、借りるとかじゃ……っていうか、つ、作る？　晩ご飯を作るの？」

呆気にとられている桐生を置いて、俺は再び冷蔵庫のドアを開ける。中には『お？　ようやく俺らの出番かい？』と言わんばかりに並んだ食材達が。

「……良いシンクだよな、コレ」

続いて目にしたピカピカに磨かれたシンク。三人が調理をしても優に余りそうなスペース。おいおい、これでデリバリーなんか頼んでたらもったいないオバケが出るぞ。

「しかし……これだけ材料あれば、凄い豪華な晩ご飯出来るな、これ」

「そ、そうなの？　私、分からないから……」

桐生の言葉に大きなため息が漏れる。してやれよ、料理。食材が可哀想だ！

「……よし！　作るぞ、料理」

俺の声に、桐生が慌てた様に目を白黒させる。

「な、なんでよ!?　わ、私は別にデリバリーでも！」

「ダメだ。取りあえず……」

冷蔵庫の中をぐるりと見回す。ふむ……豪華な食材はあるが、ここは作りなれた『あれ』にしようか。

「取りあえず、これを切れ」

「だ、だから……って、と、豆腐？」

「その豆腐、マジでうまいから。こういう使い方はしたくないけど……ま、しょうがない。ああ、それを三分の二丁使って二センチ角に切るんだ」

「……」

「やってみろよ？」

「う、うん」

おっかなびっくり豆腐の蓋を開ける。そんな桐生に、俺は流し台の下にあった包丁を一本取り出して柄の方を桐生に向ける。桐生はその包丁を逆手で握ると、そのまま豆腐に向かって

――

「――って、ちょっと待てー！」

「な、何よ！」

「包丁をこっちに向けるな！　おまえ、何考えてるんだ！」

「だ、だから、何がよ!?」

「これから猟奇殺人を犯す殺人犯か！　包丁の持ち方はそうじゃねぇ！　っていうか、流石に包丁の持ち方ぐらいは分かんだろうが！　なかったのかよ、調理実習ぐらいは！」

　包丁を逆手で握りこんで料理しようとする奴、初めて見たぞ！

「お前は刃物を使うな！　取りあえず、米でも洗っとけ！」

「わ、分かったわ！」

「……ちなみに言っておくけどな？　洗うといっても洗剤で洗おうとするなんて昭和レトロなベタなボケはするなよ？」

「馬鹿にしないでくれるかしら！　それぐらいは分かるわよ!!」

「本当か？」

「当たり前よ！」

　そう言って、胸を張って。

「洗濯機で洗うわ！」

「……」

「……」

「……取りあえず、座っとけ。な？」

「……はい」

心持ち、しょんぼりした様子を見せる桐生。そんな桐生を孫を見るお祖父ちゃんの様な目で見守っていると、肩を落として椅子に座った。うし、調理再開だ！

まず、豆腐を二センチ角に切り、電子レンジに二分ほど掛ける。こうしておいて水気を切ると早いからな。

冷蔵庫の中から取り出しておいた豚肉とベーコン、玉葱を切り、バターを敷いておいた鍋にぶち込む。その間に米をとぎ、炊飯器の中へ。色が変わってきたのを確認して、醬油を少々振る。

「……ねえ？」

「なんだ？　料理が出来ないお嬢様」

「……今までの人生で煽られた中で一番『いらっ』としたけど……ううう……屈辱だわ……」

「なに？　恨み言言いに来たのか？」

「ち、違うわよ！　その……何を作るつもり？」

「出来てからのお楽しみ、かな？」

「出来てからのって……ちょ、あ、貴方、それ!?」

「心配するなって。と、忘れてた。嫌いなもの、あるか？」

「な、ないけど……」

そう言いながら、俺の手の中に握られた物体に桐生が不安そうな声を上げる。選ばれたのは、トマトのホール缶でした。

「……よし」

トマト缶とスープの素を入れ、豆板醤（トウバンジャン）、塩、胡椒（こしょう）で味を整え、最後に片栗粉（かたくりこ）でとろみをつければ……はい、出来上がり。ちょうどご飯も炊（た）けたようだ。

「皿借りるぞ」

「う、うん」

大皿にどばっと盛り付け、桐生の前に差し出す。男の料理はこれぐらいでないと！

「……なに？　なんなの、これ？」

「麻婆豆腐（マーボーどうふ）イタリアンだ」

「……麻婆豆腐イタリアン？」

「ああ。材料も手間もそんなに掛からんから直ぐ出来る。冷めないうちに食え」

よそったご飯を桐生の前に置く。箸（はし）をつけるのを躊躇（ためら）っていた（何？　失礼じゃないか？）桐生だが、やがて意を決したように麻婆豆腐イタリアンを口に運んだ。

「……っ!?　なにこれ!?　美味（おい）しいじゃない!!」

「……だろ？」

笑顔になった桐生に、俺も笑顔を浮かべる。この麻婆豆腐イタリアン、作り方が簡単な割には味もそこそこいい。是非（ぜひ）お試しあれ。

「……でも、驚いたわね。貴方、料理出来るの？」

「こんなもん、出来るって程じゃねえよ」

「そう？　充分美味しいと思うけど……」

「知っての通り、俺の家は中小零細企業だからな。親父が社長で、母さんが経理担当役員の……まあ、共働きだからな。時間の都合はそこそこ付くけど、それでも母親がいないことなんてよくあったから。そん時はよく俺が妹の分も一緒に作ったんだ。自分で作らなければ飯がなかったからな」

「ご飯がなければ、頼めばいいのに」

「……ついでに金もなかったんだよ」

どこのアントワネット様だ。ああ、そっか。桐生家の彩音お嬢様か。

「っていうか貴方、妹がいたの？」

「一個下のな。茜っていうんだ」

「そうなんだ。高校生？」

「ああ。東九条の本家に下宿して、京都の方の高校に行ってる」

「……もしかして複雑なご事情？」

少しだけ『もやっ』とした顔を浮かべる桐生に、俺は『違う違う』と笑って手を振ってみせる。

「そうじゃねーよ。あいつ、バスケの選手なんだけどな？『強い高校の方が成長出来るから』って、京都にバスケ留学だ」

「留学っていうの、それ？」

「さあ。ま、茜の話は良いよ。それより早く食え。冷めるぞ？」

そう言われて、箸を進める桐生。ある程度食べたところでポツリと言葉を漏らした。

「うん……でも、本当に美味しい」

「ま、子供の時から作ってる自信作だ。涼子と智美も好きだしな」

「そうなの？」

「智美はバスケ部だし、運動量多いからな。未だに『ヒロユキ～。お腹すいた～』って学校帰りに俺んちに寄ってコレ作れってうるせーんだよ」

「賀茂さんも？」

「そん時は大体、涼子も一緒に来るんだよな。『たまに食べたくなる味』らしい」

「意外……賀茂さん、料理上手そうなのに」

「今は涼子の方が上手いぞ？　でもアイツ、どんくさいから」

「……失礼かもしれないけど、分かる気がするわ。器用な方ではなさそうだもんね」

「そうそう。涼子んちも智美んちも共働きだったから、都合四人分、俺が料理してたってワケ。小学校の高学年までだけど」

そっから先は愚直な努力を続けた涼子に一気に抜かれて、今でもちょくちょく手料理をご馳走になる。智美？　あいつはダメだ。あいつの料理は食材への冒瀆としか思えん。

「そっか……じゃあ、これは貴方の幼馴染の愛した味、ってわけね」

「愛したかどうかはともかく……まあ、好きな味なんだろうな。お前は？」

「だろ？　そりゃプロが作るもんだから店屋物も美味いけどよ？　温かさが違うだろうが、出来立ては」

「……そうね。レンジでチン、では味わえない味ね、コレは」

「だからこれからはお前も作れよな、料理」

「……貴方が作ってくれないの？」

「そんなレパートリーはないよ。大体、その歳で料理の一つも出来ないのは寂しすぎるだろうが」

「……それは男女差別？　女は料理を学ぶべきだと？」

「アホか。なんでもそうだが……出来ないよりは出来た方がいいだろうが。それには、男も女も関係ねえ。お前、勉強だって運動だって努力してきたんだろうが？　なら、料理も努力してみれば？」

俺の言葉に桐生が目を丸くする。なんだよ？

「いえ……そうね。確かに貴方の言う通りだわ」

「うん、分かってもらえて何よりだ」

「確かに、私の人生において必要はないかも知れないけど……そうね、出来ないよりは出来た方が良いものね。ふふふ、ありがとう！　それじゃ、料理は当番制ね！」

そう言って箸を持ったまま、軽くオーっと手を挙げてみせて。

「……で、でも」

その後、気まずそうにチラリとこちらに視線を向けた。

「……そ、その……最初はやっぱり失敗するかもしれないから」

ちゃんと、教えてね？　と。

「……お、おう」

頬を染めて恥ずかしそうにしながら、そういう桐生は……まあ、端的にいってクッソ可愛かったワケで。

「ふふふ！　ありがとう、東九条君！」

そう言えば、初めて名前呼ばれたな、なんて。

先ほどの表情から一転、花の咲いた様な笑顔に見惚れて働かない頭で、俺はそんなことを考えていた。

第三章　麻婆豆腐イタリアンは幼馴染の味

翌朝。学校に行くために家の外で涼子と智美を待っていると、珍しく早く来た智美が俺を見つけて驚いた顔をした後、ニヤニヤとした笑みを浮かべて近づいてきた。


「どうした？　早いじゃないか、智美」

「それはヒロユキに言われたくはないかも」

「いっつも俺と涼子がお前待ってるだろ？」

「それを言われるとちょっと辛い……でも、ホラ！　私の家、遠いし！」

「チャリで十分の距離を遠いというかどうかは微妙なラインだが……まあな」

んで？　そんな遠い距離をわざわざ早く来た理由はなんだよ？

「あ、そうだそうだ。忘れてた。あのさ？　昨日の賞品あったでしょ？」

「賞品？」

「藤田のヤツ」

「……宿屋の主人か、お前は」

「……昨日はお楽しみでしたね？」

「……ああ、あれね」

流石に藤田が不憫だったからか、俺の記憶からマルっと抜け落ちてたわ。

「藤田からチケット預かってるんだけど……どうしようかなって」

「どうするって？」

「だってチケット二枚でしょ？　三人で行けないじゃん。涼子一人置いていくのも悪いしさ」

「なんの映画だっけ？」

「ハリウッドの超大作のラブロマンスだってさ」

……うわ……正直、興味ないんですけど。

「……お前と涼子で行ってくれれば？」

「……それじゃアンタ、涼子にそれ言いなさいよね？　あの子、絶対気を遣って行かないって言うから」

「……確かに」

そういうヤツだ、涼子は。別に気にしなくても良いのにな。

「かといって使わずに捨てちゃうのも勿体ないしさ。だから、もう一枚分のチケット、三人で買わないって話」

「あー……ま、それが無難な選択か？」

俺の言葉に、『それじゃそれで決定ね！』と嬉しそうに笑顔を浮かべて、その後少しだけ不貞腐れた様にむっと顔を顰める智美。なんだよ？

「昨日はヒロユキ、帰り遅かったでしょ？　だから、この話も出来なかったの！」

「そうかい。んで？」

「ヒロユキと涼子は隣同士だから良いな〜って思って。そしたら一日持ち越さなくても話出来たでしょ？」

「別に一日ぐらい良いじゃねーか。つうか、そんなにアレだったら待っときゃ良かったのに」

今更だろうが、俺がいなくてもずっと俺の家に入り浸るのは。そんな俺の言葉に、智美は頭を掻（か）いて。

「いや、昨日はね〜。流石に昨日ヒロユキのおじ様の顔見たら、思わず殴（なぐ）っちゃいそうだったから」

「……そうか」

命拾いしたな、親父。

「かといってあんまり遅くまで外、出歩くと怒られるしね。いいな〜、涼子。私もヒロユキの隣の家だったら良かった。そしたら麻婆豆腐イタリアン、毎日食べれるのに」

「勘弁してくれ。俺にアレばっかり作れってか？」

「なれるよ、中華の達人に！」

「興味ねーよ」

っていうか、アレ、中華料理なのか？　麻婆豆腐『イタリアン』とかいってるけど。

「あー、そんな話してたら食べたくなってきちゃった。ヒロユキ、部活帰りに寄っても良い？」

「は？　お前、今日来るの？」

「いくいくー。準備しといてね～」

「おはよう、浩之ちゃん、智美ちゃん。ごめんね、遅くなって」

　智美とそんな話をしていると隣の家――涼子の家の玄関のドアが開いてパタパタと涼子がこちらに走ってくる。

「走るなよ。転ぶぞ？」

「もう、浩之ちゃん。私、そんなにどんくさくないよ？　ふぅ……」

「……あの距離走っただけで息切らしてるヤツの説得力のなさよ」

　五メートルってとこだぞ？

「い、家の中でもバタバタしてたから。髪がなかなかおさまらなくて。あっちに撥ねたりこっちに撥ねたりで直すのが大変だったの！　ふぅ……それで？　なんの話してたの？」

「今日は久しぶりにヒロユキの麻婆豆腐イタリアン食べようって話。どう？　涼子は」

「あー、いいね！　私も久しぶりに浩之ちゃんの麻婆豆腐イタリアン食べたいよ。今日は智美ちゃん、部活？」

「うん、そうだよー」

「それじゃ浩之ちゃん？　学校終わったらお買い物、いこ？　材料費はいつも通り三等分で良い？」

「よいよい。二人とも、頼んだ！」

「お任せあれ～」

芝居掛かった風にそう言ってみせてきゃっきゃと笑いあう二人。いや、料理人抜いて勝手に決めるなって。

「決定事項にするなよな」

「……なに？　都合でも悪いの？　なんか用事、あった？」

「いや、用事はないけど……」

昨日の今日だろ？　ちょっとゆっくりさせてほしいってのと……昨日作ったからな。流石に二日連続麻婆豆腐イタリアンは胃にもたれそうだし。

「あ！　分かった！　最近作ってないから、ヒロユキ、不安なんでしょ！」

何を勘違いしたか、そんな斜め上の回答をする智美。

「そうなの？　大丈夫だよ、浩之ちゃん。私もお手伝いするから」

と、それに乗っかる涼子。いや、だからな？

「ご心配なく。昨日も作って食べたから。流石に二日連続でアレは飽きるって話。まあ、食事会開催は別に構わないけど、それなら別の――」

――瞬間。

なんだろう？　背中にぞわっとした寒気が走った。

「…………なんで昨日作ってるの、浩之ちゃん？」

「な、なんで？　なんでって、それは――」

「ねえ？　誰に？　誰に振る舞ったのよ？　あの麻婆豆腐イタリアン！　言いなさいよね！　一人で食べた、なんて舐めたこと言うんじゃないでしょうね！」

「ちょ、落ち着け智美！　な、なに怒ってんだよ」

「怒るよ！　ま、まさか……浩之ちゃん、あの麻婆豆腐イタリアン……桐生さんに食べさせたワケじゃないでしょうね！」

「へ？　い、いや……そ、そうだけど？」

「「はぁあん？」」

ひゅっとなった！　何処とは言わんが、『ひゅっ』ってなった！

「ありえないんだけど！　なんで？　なんで桐生さんに食べさせるのっ！」

「そうだよ、浩之ちゃん！　他の料理もあったよね！　なんで！　なんでよっ！」

「ちょ、マジで落ち着け！　なに怒ってんのかさっぱり分かんねーだけど！」

いや、マジで。なんでこいつら、こんなに怒ってんの？

「だって……だって、だって！」

「そうだよ！　だって！」

「……落ち着けお前ら。『だって』しか言ってない」

「だ、だから……ねえ、智美ちゃん！」

「そうだよ！　ヒロユキ、麻婆豆腐イタリアンはね！」

「そうだよ！　……麻婆豆腐イタリアンは……」

「「……『幼馴染の味』、じゃん」」

「……はい？」

少しだけ照れた様に頰を朱に染めた二人。そんな二人に、俺はぽかんとした顔を向ける。何言ってんの、コイツら？

「何言ってんの、お前ら？」

そして、思ったままそれを口に出す。まずっ！　と思った時はもう時既に遅し。その瞬間、恐ろしいほどの形相で二人が睨みつけてきた。だから！　基本美少女のお前らのその顔は破壊力が高いんだよっ！

「もう知らない！　浩之ちゃんの馬鹿！」

「そうよ！　アンタさ？　ちょっと考えたら分かんないかな？」

「なんで私たちが、毎回二人で食べに行ってると思ってるの!?」

「いや、なんでって……食い意地張ってるからじゃねーの？」

「～～～っ!!　もう良い！　涼子！」

「うん!!　茜ちゃんに報告する！　浩之ちゃんが他所の女に麻婆豆腐イタリアン食べさせたって！」

「は？　な、なんで茜が出てくるんだよ？」

「知らないわよ！　いこ、涼子！」

「うん！」

そう言って、肩を並べてずんずんと歩く二人。置いていかれた俺はその背中を見つめて。

「……なに怒ってんの？」

結局、この後必死に謝り倒して『映画のチケットはヒロユキの奢り！』という有り難い智美裁きのおかげで事なきを得た。得たけどさ？　げ、解せぬ……

『おにぃ、聞いた。麻婆豆腐イタリアンの件。アレ、他の女に食べさせたって？　明美ちゃんもブチ切れてるから、今度の長期休みは覚悟しておいてね？　もちろん、私もブチ切れてる。泣くまで殴り飛ばすから』

「……げ」

今日は一日、涼子と智美のご機嫌取りで疲れた。そう思い、ゆっくり風呂に入っていた俺だが風呂上がり、頭を拭きながらスマホをチェックすると、そこには妹である茜からのメールが入っていた。古風……というか、時代遅れな彼女はメールオンリー、『バスケに浮ついたものはいらぬ！』というスタンスからか、流行のモノを入れようとはしない。当然、メッセージアプリの類は入れちゃいない。つうかガラケーだしな、あいつ。

「……これ、怒ってるヤツだよな」

そもそもメールは『了解』とか『承知』とか、短文ばっかりの茜の珍しい長文メールだ。詳細は不明なんだが……なんで怒ってるんだよ、こいつもあいつらも。

「……仕方ねーな」

小さくため息を吐いて、俺はスマホをタップ。茜の電話番号を呼び出すと、電話を掛ける。ほどなくして、聞きなれた声が聞こえてきた。

『もしもし、浮気者？』

……聞きなれない言葉だったけど。

「斬新な電話の出方だな、おい」

『だってそうでしょ？　涼子ちゃんも智美ちゃんも凄い怒ってたよ？　『なんでヒロユキはあの麻婆豆腐イタリアンを食べさせちゃうの！』って』

「いや、それには深い事情もあるんだが……でもさ？　あの二人、なんであんなに怒ってたんだ？　茜は理由、分かるか？」

『え？　マジで言ってんの、おにぃ。ちょっと衝撃的なんだけど。あー……でもそっか。おにぃだもんね。んじゃ、鈍いおにぃにも分かる様に教えてあげる。いい？　涼子ちゃんも智美ちゃんもおにぃの麻婆豆腐イタリアンを食べて育ったじゃん？』

「いや、別に食べて育ったワケじゃないんじゃね？」

『黙って聞く！　あのね？　私も感謝してるよ？　どの家も共働きで忙しくて、そんな中で当時はしっかりしてたおにぃが料理作ってくれてたでしょ？　あの時皆が一番大好きで美味しかったメニューは麻婆豆腐イタリアンなの。だから、皆あの味が忘れられない、いわば『幼馴染の味』なのよ』

「……ミ○キーはママの味的な？」

『殴るよ、マジで？』

「……スンマセン」

『はあ。ともかく！　あの明美ちゃんが頭を下げて『私にも食べさせてください』って涼子ちゃんと智美ちゃんに言ったんだよ？　それぐらい、皆の中では大事な味なの！　それこそ、どこの馬の骨か分からない子に食べさせても良いものじゃないの！』

「……あの明美が頭を下げただと？」

明美は東九条の本家の一人娘だ。今となっては分からんでもないが、彼女は所謂『名家』意識の高い女の子だし、気位も高い。だからこそ、『頭を下げる』という行為を極端に嫌ってたんだが……そんな明美が頭を下げただと？　麻婆豆腐イタリアンの為に？

『……おっと、今の話は内緒ね？　私が明美ちゃんに折檻されるから』

「……妹の命の為にも聞かなかったことにする。するけどさ？　ちょっと大げさ過ぎねーか？」

『人にはいろんな感じ方があるからね。っていうかさ？　いつもあの料理出すとき、二人以上いたでしょ？』

「あー……そうだっけ？」

『智美ちゃんと涼子ちゃんか、私と明美ちゃん。もしくは四人ともとかあったけど……誰かと二人きりで食べたことはないはずだよ？　だって、協定もあったし』

協定？　でも、まあ……言われてみれば……そうだっけ？　まあ確かに、誰かに手料理振る舞う時って必ず複数人いた気もするけど……

「……でもさ？　そんなの、言ってくれなくちゃ分かんなくね？　作ってから、『アレは大事なものだったのに！』とか言われてもさ？」

『……まあね。だから怒ってるっていっても拗ねてるみたいなモンだから、ちょっと小言言われるぐらいは我慢しなさい。私だって面白くないんだもん。涼子ちゃんや智美ちゃん、明美ちゃんの怒りはいかばかりか』

「……怖すぎるんだけど」

『まあ、モテる男はつらいね、おにぃ』

「やかましい。嫌みか」

『ま、おにぃがそれで良いんなら良いけど。そんなことよりその『桐生彩音』って誰なの？　おにぃの彼女かなんかなの？　そんなポッと出の新キャラ、流石に私もお義姉ちゃんって呼べないんだけど？　おにぃ、私の許可ちゃんと取った？　記憶にないんだけどさ？』

「いや、なんで俺が付き合うのにお前の許可がいるんだよ。つうか、彼女じゃないし」

『彼女じゃないの？　じゃあ余計意味が分かんないんだけど？　どんなシチュエーションでおにぃが手料理なんか振る舞うのよ？　意味が分かんないんだけど？』

「あー……だよな。俺だって意味が分かんねーし」

『は？　どういう意味？』

「いやな？　その桐生彩音ってのは」

きっとびっくりするだろうな〜と思いながら。

「――許嫁なんだ、俺の」

『……は？　……って、え、ええええええええ――――――!?!?!?』

「……と、いうわけなんだ」

『……なにそれ？』

『お兄ちゃん、許嫁出来ちゃったよ』という衝撃的な発言に取り乱しまくり、電話口で『え？　は？　ちょ？　な、なにそれ？　いたっ!!』と、日本語が不自由になったり、部屋にある丸テーブルの角に小指をぶつけたりと忙しかった茜がようやく冷静さを取り戻したので、事情を説明すると、帰ってきたのはそんな絶対零度の返答だった。っていうか、こえーよ。

「なにそれって……まあ、思うよな？　俺だってびっくりしたもん」

『いや、びっくりで済む話じゃなくない？　もっと取り乱しなさいよ!!』

「取り乱したぞ、俺も。でも、まあ仕方ねーじゃねえか」

『『仕方ない』じゃないわよ！　何考えてんのよ、あのダメ親父!!』

「……おい、茜？　流石にそれは言い過ぎじゃないか？　確かに親父のやったことはどうかとも思うが……でも、仕方ないだろ？　借金もあるし」

『そういう問題じゃないの!!　お金を借りたりとか、そんなことは大したことじゃないんだってば！　許嫁が問題なの！』

「そりゃまあな。この現代日本で今更許嫁なんて時代錯誤(じだいさくご)な――」

『許嫁なんて別に珍しいものでもないでしょ！　問題は『おにぃ』に許嫁が出来たってこと！』

「……俺に出来たのが問題？　なにが？」

『……はぁ。あのね、おにぃ？　東九条って一応、名家なワケじゃない？』

「……」

『……あれ？　どったの？』

「いや……お前も知ってたんだな、それ。なんか旧華族なんだろ、本家って」

『……は？　なに言ってんのよ、今更？　え？　まさか知らなかったとか言わないよね？』

「金持ちだったのは知ってる。知ってるけど、そんな家柄なのは知らなかった」

『……』

「……」

『……え？　ちょっと絶句なんですけど。おにぃ、流石に家のことに関心なさすぎじゃない？去年の明美ちゃんの誕生日パーティーとか凄かったじゃない？』

「あのホテル貸し切ってやったヤツ？　凄かったな、アレ」

『……あの時だって総理大臣はともかく、国務大臣何人か来てたじゃん。私、挨拶(あいさつ)されたよ？

私でも挨拶されたんだよ？　おにぃ、挨拶されてないの？』

「……どうだったかな？　なんかテレビで見たことあるおっさんがいるな、とは思ったけど」

だって料理があまりに美味しくてさ。そっちに夢中だったんだよ。

『……ウチの兄がヤバい』

「ヤバいとか言うなよ」

『ヤバいよ。ウチの家に生まれたら常識みたいなモンじゃん。なんで知らないのさ、おにぃ』

「……スンマセンね、常識知らずで」

『……はあ。おにぃが常識知らずなのは置いておいて……とりあえず、話戻すよ？　おにぃがどう思ってたかはともかく、東九条って名家なワケ。んで、明美ちゃんはその一人娘で、輝久おじ様が目の中に入れても痛くない程可愛がってる』

「明美のこと溺愛だもんな、おじさん」

東九条輝久は東九条本家の当主で、風貌こそいかついも、実際は優しく気の良いおっさんだ。息子がいないからか、俺のことも息子同然に可愛がってくれてる……まあ、良い人だ。

『そうじゃなくても東九条の本家の一人娘、婿取り必至でしょ？』

「今となれば分かる。名家だもんな～」

『そういうこと。んで、変なところから婿は取れない。そうなると……必然的に、出てくるじゃん？　一番可能性が高い『婿候補』が』

「……婿候補？」

『ガチで分かんない？　身元もしっかりしてて、小さいころから輝久おじ様が知ってて、息子同然に可愛がってて、明美ちゃんとも仲が良い、同い年の男の子』

「……」

『……』

「……もしかして……俺？」

『もしかしなくても、おにぃ』

「……は……はぁ？　あ、明美と俺が結婚⁉」

『可能性の話……と言いたいけど、結構現実味があった話よね。直接は聞いてないけど、おじ様の態度を見る限り、乗り気みたいだったし』

「……そんな話、聞いてないんだけど」

『その話聞いておにぃ、明美ちゃんと態度変えずに接することが出来る？』

「……出来ない。出来ないけど……でもさ？　それで俺に彼女が出来たらどうするつもりだったんだよ！」

『それはそれで良いと思ったんじゃない？　おにぃにも自由恋愛してもらって、その上でゆくゆくは……ぐらいに考えてたと思うよ。大体、高校生のカップルがゴールまでいく確率なんパーセントぐらいだと思ってんの？　結婚までいく可能性の方が低いに決まってんじゃん』

「……確かに」

馬鹿にするつもりはないが、高校生の恋愛なんて熱病みたいなところもあるしな。それで結婚まで至る可能性は低い、か。いや、彼女いない歴年齢の俺がいうことではないんだろうが。

「……というかおじさん、親父より俺のこと考えてくれてね？」

『当たり前じゃん。東九条の本家当主だよ？　枝の若い者のことまで考える器量がなくて、どうして本家の当主が務まりますか』

「枝って」

『……だからおじ様、この話を聞いたら相当怒ると思うんだよね……たぶん、お父さんのことだからおじ様に話を通す配慮とかしてないだろうし……そもそも、分家の次期当主の許嫁の話を知りませんでした、ってなったら、メンツも潰れるしね』

「メンツって。でもまあ、配慮はしてないだろうな、たぶん。親父のことだし」

『でしょうね。おにぃの父親だもん。そんな気遣い、出来そうにないね』

「おい。お前の父親でもあるんだぞ？」

『私、お母さん似だから』

「……哀れ、親父」

『まあ、お父さん、東九条の本家苦手だから。余計に関わりあいたくないんでしょうね』

「そうなの？」

『私たちもだけど……お父さんはもうちょっと血が『濃い』でしょ？　だから、色々と面倒な役職押し付けられそうになって逃げたらしいわよ。この間おじ様が愚痴ってた』

「……良いとこ全部持っていかれたって言ってたけど……」

『当主の従兄弟だよ、お父さん。流石に一個も良いところが残ってないワケないじゃん。ま、その話は良いよ。今しても仕方ないし』

「……だな」

『とりあえず……この話は私とおにぃの間で留めておいて。明美ちゃんの耳には絶対、入れちゃダメだよ？　そんな事になったら、きっとおじ様の耳に入って……』

「……入って？」

『……………お父さんが鴨川で水泳させられちゃう。コンクリートのブーツ履いて』

「……それは……イヤだな」

『身内から加害者も被害者も出したくないでしょ？　そこまではアレかもだけど、絶対に我が家にとって良いことにならないから』

「……だよな」

少なくとも、茜の下宿は取りやめになるかも知れん。茜だって、気まずいことこの上ないだろうし。

「……茜の為にも隠し通すか」

『……おにぃ？　その気持ちは嬉しいけど、私のことは心配しなくて良いよ？』

「心配するに決まってんだろ。可愛い妹だぞ？」

『……ありがと。照れるからそれぐらいで良いよ？　ともかく、おにぃは自分の心配を一番にして！』

絶対だよ！　と言った後、『もう遅いから切るね』と電話が切れる。

「……はぁ」

電話の切れたスマホをじっと見つめて。

「……前途多難過ぎない、コレ？」

俺は大きくため息を吐いた。

茜と電話した翌日の朝の目覚めは、端的にいって最悪だった。なんか、明美と明美のおじさんに物凄く叱りつけられる夢を見たからだ。

「……どんだけビビってたんだよ、俺」

まあ、両方怖いんだけどな、確かに。明美は言わずもがな、おじさんだっていつもは温厚だけど怒ったらガチで怖いし。

「……今日は何事も起きませんように」

朝食や歯磨き、着替えを済まして、まるで祈る様な気持ちで玄関のドアを開ける。そこには見慣れた道路と向かいの家と共に、見慣れない光景があった。

「……げ」

「げって何よ!!　げって!!」

「そうだよ、浩之ちゃん！　なにさ、『げっ』って」

腕を組んで『イライラ、溜まってます』を体中で表現する智美と、顔をぷくぅーっと膨らまして『私、怒ってます』を顔中で表現する涼子の姿がそこにあった。

「……は、早いな、二人とも」

涼子はともかく、智美なんていっつも時間ギリギリにしか来ないくせに、なんで今日に限ってこんなに早いの？　やめて！　浩之のライフはもうゼロよっ！

「……早いな、二人とも、じゃないでしょ？」

「そうだよ、浩之ちゃん？」

そんなしょうもないことを考えている俺に絶対零度の視線が突き刺さる。うぐぅ……

「その……茜に聞いた」

「……」

「……」

「お前らにとってアレは、大事な味だったんだな。悪い。正直、そこまで思い至らなくて」

「……」

「……」

「だから……すまん。許してくれ」

そう言って頭を下げる。そんな俺の頭上から、呆れた様な、それでいて少しばかり申し訳なさそうなため息が下りてきた。

「……もう良いよ。ごめんね、ヒロユキ」

「……ごめんね、浩之ちゃん」

「……へ？　な、なんでお前らが謝るんだよ!?」

悪いの、俺じゃないの？　昨日の茜のメール見る限り、まだ怒りは冷めてないのかと思ったんだが……

「……茜に怒られちゃってさ？　『智美ちゃん、おにぃにちゃんと言ったの？』って」

「……私も。『イヤなのは分かるけど、イヤならイヤって言わなきゃダメでしょ、涼子ちゃん』って」

「……茜」

……なんだよ、お前。良い奴じゃねーか。ちゃんとお兄ちゃんのこと気遣ってフォローしてくれたんだな。

「……」

そう思い、俺はそっと茜がいるであろう西の空に向かって手を合わせ——

「なにより」

「『そもそも、『あの』おにぃにそんな気遣いを期待する方が悪い』」

——合わせかけた手を止めて中指を突き立てる。なんだよ！　ちょっと感動したのに!!

「ま、そんなわけで私たちも反省したんだよ。ね、涼子」

「智美ちゃんの言う通り！　ごめんね、浩之ちゃん」

「……もう良いよ」

なんだろう、この遣る瀬ないカンジ。なんかもう、どうでも良くなってきた。

「やさぐれないでよ、ヒロユキ。ほら、涼子！」

「うん！　ね、浩之ちゃん？　久しぶりにお弁当、一緒に食べよう？　お詫び代わりに沢山作ってきたから！」

　そう言って涼子は持っていたトートバッグを軽く揺らしてみせる。どれぐらいの重みか知らんが、バッグのあの揺れ方からして結構な重量なのだろう。

「……はぁ。まあ、そういうことならご相伴にあずかる。正直、助かるしな」

「そうこなくっちゃ！　まあ、期待しなさい！」

「なんでお前が偉そうなんだよ……って、まさか！　お前、作ったんじゃないだろうな！」

「いやだな～、ヒロユキ。私が作ったらお礼にならないじゃん？　最近色々あったヒロユキをこの世という苦しみから解き放って上げようとする意図でもないと、私が料理なんかするワケないでしょ？」

「……そこまであっけらかんと言われると、それはそれで反応に困るが……まあ、うん。ありがとう」

　流石にポイズンクッキングという程酷いものではないにしろ……流石にこの疲れた体に智美の料理は酷だ。

「……んじゃお前のお詫びは？」

「料理は涼子、キャリーは私ということで」

涼子のトートバッグをひょいっと取り上げると、智美は自身の自転車の前かごに放り込んでサムズアップ。ああ、そういうこと。

「……分かった。それじゃ有り難く運んでもらおうか」

「お任せあれ！　それで、ヒロユキ？　一昨日はどうだったの？」

「一昨日？」

「昨日はあんなこともあったから聞けなかったけど、桐生さんとお出かけしたんでしょ？　どうだったの、浩之ちゃん？」

「どうって……具体的に何がどう？」

「何したのかな～って」

「家を見に行ったな。二人で暮らす新居だ」

「……」

「……」

「な、なんだよ。なんで睨むんだよ！」

「……いや」

「……べつ～に。まあ、こんなもんだよね、ヒロユキなんて」

「まあ、そうだよね。浩之ちゃんだもん」

なんかすげー理不尽な怒られ方してる気がするんだが……

「ま、ヒロユキのことなんかどうでもいいや。それより、桐生さん！　どうだったの？　やっぱりキツイ性格してた？」

「どうでもいいやって。あー……そうだな。確かに口は多少悪いかも知れんが……なんだろう？　思ったより悪い奴ではないかも知れん」

「そうなの？　なんか意外。もうちょっとこう、ヒロユキの心がズタズタに切り裂かれるかと思ったんだけど？」

「いや、確かに俺も朝はズタズタに切り裂かれていたんだが……」

「……え？　それで悪い奴じゃないって……もしかして……ヒロユキ、ドMなの」

「なんでだよ！　女の子がドMとか言うな！　そうじゃない！　そうじゃなくて……」

なんだろうな？

「……嫌いじゃないってこと？」

「……うーん……」

自分でもよく分からんが、少なくとも悪い奴には思えん。

「……そうだな。なんというか……あんまり、嫌いになれそうなタイプではない」

「……そうなの？　桐生さんだよね？　『悪役令嬢』だよね？」

「いや、そこまで『悪役令嬢』ではないな。むしろどっちかといえば、良い奴というか……上手く言葉に出来ないが……」

……うーん。なんでだろう？　やっぱり美人だから下駄を履かせてるのか、評価に。

「……浩之ちゃん、悩んでる？」

「悩んでるっていうか……いや、きっと好きなタイプじゃないはずなんだが……なんというか、嫌いになれそうにないというか……」

「美人だからじゃないの？」

「なのか？　いや、でも……流石に、そこまで軽薄ではないぞ、俺」

「そう？」

「当たり前だ。だってお前、俺が顔で女の子選んでみろ。お前ら二人に告白してるだろうが」

「っ！　な、何言ってるのよ！」

「そ、そうだよ！　何言ってるの、浩之ちゃん！」

「？　……っ!!　あ、いや、これは……その！」

二人が顔を真っ赤にしてこちらを睨む。いや、悪い！　今のは俺が悪かったよ！　悪かったけど……

「……客観的に見てお前らが美人なのは間違いないだろうが」

「……主観的には？」

「……俺は一般人の感性だ」

「……それじゃ分からないよ、浩之ちゃん」

「……二人とも美人だと思いまする」

……朝っぱらから何言ってんだろ、俺？

「……ま、まあともかく！　ヒロユキもなんでか分からないけど、桐生さんのことは嫌いじゃないってことだよね？」

「そうだな」

「それじゃ、それ、確かめてみない？」

「確かめる？」

「そ。涼子、良い？　敵を知り、己を知ればそれ即ちさいきょーって偉い人も言ってるし」

「……そんなことは言ってないよ、智美ちゃん。でもまあ、量に余裕はあるし……良いよ？」

「……なんの話だ？」

「ヒロユキの言ってること、私たちも一緒に考えよう～って意味」

「は？　どういう意味だよ？」

「だから、こういう意味だって」

そう言って智美は手でメガホンを作り、視線を遠くに向ける。その視線を追うよう、俺もそちらに目をやって。

「おっはよー、桐生さーん！　今日のお昼、一緒に食べなーい？」

視線の先には、びっくりした顔で固まってる桐生の顔があった。

俺たちの通う私立天英館高校の屋上は、基本的に昼休みと放課後、それぞれ開放されている。カリキュラムは別としても、子供ファーストの昨今の『ゆとり』教育の風潮の中、やれ危険だとかやれ不良の溜まり場になるだとか揶揄されそうなモンだが、真っ向から対立するように屋上を開放するのは校是が『自主自立』だから、というのもあるだろう。何があっても自己責任、フェンスこそ高くするけどもう良い年齢だし、それを飛び越えて遊びたかったら遊べばいいし、別に不良になりたかったら勝手にすればぁ？　困るのは自分だしぃ？　という考え方なのだ。何があっても自分で責任取れよという、放任主義なあたりが結構俺は気にいってる。ちなみに、ボール遊びは禁止。理由は『下にいる人に当たったら迷惑を掛けるから』だ。

まあ、そんなわけで屋上開放は生徒には人気が高い。別に馬鹿する奴も……全然とはいわんがそんなにいないし、昼休みには屋上で飯食ってる人間も多い。多いのだが。

「……お前、スゲーな？」

「そう？」

俺たち四人——俺と涼子と智美、それに桐生が屋上に来た時にはそこそこ人がいたのだ。皆和気藹々、食事やお喋りを楽しんでいたというのに。

「……お前が来ただけで皆帰っていったぞ？」

「別に取って食うわけでもないのに……逃げる必要はないと思うんだけど？」

失礼しちゃうわ、とでも言いたげな表情を浮かべる桐生。でもお前、凄かったぞ？　お前が屋上に上がってきた時、全員二度見して気まずそうに視線を逸らし、そそくさと去っていったじゃねーか。取って食われるとでも思われてんじゃねーの？　主に、日ごろの行いで。

「……貸し切りになっちゃった。ま、いっか。さ、桐生さんも食べよう！　涼子、シート頂戴！　敷くから！」

「はーい。それじゃ智美ちゃん、お願いね〜」

カバンからピクニック用の大き目なレジャーシートを取り出すと、涼子は智美にそれを手渡す。結構大き目なそれを『ふわさ』と一度振ると、綺麗に正方形の形に広がった。

「よし、完成！　ささ、桐生さん？　どうぞどうぞ！　座って〜」

「え、ええ。あ、ありがとう」

「……」

「な、何かしら？」

「いやー……ちょっとびっくりしただけ。桐生さんの口から『ありがとう』なんて出てくるなんて思ってなかったから」

おま、智美！　なんて失礼なことを言うんだよ！　そんなこと言ったら桐生の『悪役令嬢』の側面が飛び出すぞ！

「……そうね。確かに、この学校に来てから『ありがとう』なんて言葉、口に出したことは数えるくらいしかないかも知れないわ」

「でしょ？　イメージないもん」

あれ？　飛び出さないの？

「でも、別に私は感謝が出来ない人間ってワケじゃないわよ？　単純に、感謝されるようなことをされてないだけで……こうやってお招き頂いて、準備までしてもらえば当然お礼ぐらい言うわよ」

そう言ってもう一度『ありがとう』と頭を下げて、レジャーシートにちょこんと腰を降ろす桐生。その姿を『うん！』と頷いて見ながら智美と涼子も腰を降ろした。

「……それにしても……良かったのかしら？」

「なにがー？」

「だって……私は東九条君の『許嫁』よ？　貴方がたにとっては」

チラリと俺の方を見ながら。

「……『敵』ではないのかしら？　少なくとも、好ましいと思われてるとは思わなかったんだけど？」

「敵、ね～。どうかな？　涼子？」

「んー……私としては若干腑に落ちない部分もあるよ？」

「……ごめんなさい、賀茂さん」

「わわわ！　あ、謝らないで！　別に桐生さんが悪いワケじゃなくて……どっちかって言うと、浩之ちゃんのお父さんのせいだし！」

「間違っちゃいないが、あまりに親父が不憫過ぎね？」

智美も涼子も娘の様に可愛がってたのに……この数日で親父の株価はストップ安なんだけど。

「……理由はどうあれ、なかなか認めにくいことではないかと思うのよ」

「だから、『腑に落ちない』って言ったんだよ？　でも、それはある意味では仕方ないことだし……まあ、諦めるつもりはないけど」

「……そう。それで？　鈴木さんの方はどうなの？」

「わはひ？」

「こら！　何勝手に食ってんだよ！」

勝手に弁当箱を開けて唐揚げをつまみ食い中の智美が、口に唐揚げを突っ込んだままそう返答する。いや、おまえ、こういう時は全員そろってからだろうが！

「……んぐ。そうだね～？」

そう言って腕を組んでうんうん唸る。

「……ま、敵か味方かって言われれば『敵』だとは思うよ？」

「……そう」

「でも、好ましくないかって言われれば……別にそこまで毛嫌いしているワケじゃない」

「敵なのに？」

「うーん……なんだろう。私、バスケ部入ってるんだけどさ」

「知ってるわ。有名じゃない」

「そう？　それで、バスケ部で試合に行ったりすると……まあ、会場にいる他所のチームは皆『敵』なワケ。でもね？　別にその敵が『嫌い』かって言われるとそうじゃなくて」

「……ノーサイドの精神ってこと？」

「なにそれ？」

「試合中は当然敵だけど、試合が終われば敵味方がないってことよ」

「あー、それそれ。それに近いかな。なんだかんだで皆バスケが好きだから、そんなに敵だって毛嫌い出来ないんだよね」

そう言って卵焼きを摘まむ智美。だから！　『いただきます』は！

「……それにさ？　桐生さんの言ってることでいえば、私と涼子なんて絶対仲良く出来ないと思わない？」

「……確かに」

「ま、バスケの話に戻せば『バスケが好き』な子はチーム関係なく味方だと思ってるよ。『バスケが好き』ならね？　でも、純粋にバスケが好きじゃなくて……そうね、『バスケを利用』する子は……敵、かな～？」

「……耳が痛いわね」

「桐生さんは特殊ケースじゃない？　それに、話してみて分かったけど、なんとなく悪い子じゃなさそうだし」

「そうかしら？」

「だって普通に喋れるし。『悪役令嬢』って呼ばれてるのが嘘みたいだもん」

「……そのあだ名は私、あんまり好きじゃないの。申し訳ないけど、そう呼ぶのは――」

「ああ、勿論呼ぶつもりはないよ。でもまあ、そう呼ばれてるのは知ってるでしょ？」

「勿論よ。陰日向に『悪役令嬢』と呼ばれているもの」

「やっかみの部分が多いのは知ってる？」

「でしょうね。自分で言うのもなんだけど、私は優秀だから。当然、やっかみも受ける」

「接し方を変えようとは思わないの、桐生さん？　それだけで、随分皆の態度は変わるよ？」

首を傾げながらそう言う涼子。その姿に、なんだか疲れた様に笑う桐生。

「……そうね。賀茂さんの言う通り、その方が『生きやすい』とは思うわ。でも……根っこのところでダメなのよ。なんで私が努力して得た成果を、周りの視線の為に曲げなくちゃいけないのか……そう考えると、ね」

性分なのよ、と、苦笑して肩を竦めてみせる桐生。その姿を目を丸くしてみて、涼子と智美は視線をこちらに向けた。

「……んだよ？　どうかしたか？」

「いや……」

「なるほど、と思って」

「？　どういう意味？」

「ううん、こっちの話。ただ、なんとなく『分かった』だけ」

「分かった？」

「こっちの話！　それより、桐生さん？　あの——」

「――ああ！　こんな所にいた！」

突如、屋上の扉がバーンと音を立てて開く。すわ、何事かと視線をそちらに向けると。

「やっほー、浩之せんぱーい！　一緒にお昼しましょー！」

ツインテールのちびっ子が、そこに立っていた。

「いや～、今日はお昼ご飯持ってくるのすっかり忘れちゃって！　お腹空いたな、ひもじいなって思った時、『ピン』ときたんですよ～。『そうだ、浩之先輩がいる！』って。それでまあ、先輩の教室行ったら智美先輩と涼子先輩と一緒に屋上行ったたって聞きまして！　これはきっと涼子先輩の手料理だと思ったんですよね～。いやー、正解でした！」

聞かれもしないのにズンズンと自分語りをするちびっ子。そのまま、歩みを進めるとこちらが勧めてもいないのに勝手にレジャーシートに腰を降ろす。

「と、いうことで私もご相伴にあずからせて頂いても良いですよね、涼子先輩！」

そんなちびっ子の姿に苦笑を浮かべつつ、涼子は小さく頷いてみせる。そんな涼子に、智美が呆れた様に首を左右に振ってみせた。

「涼子？　あんまり甘やかしちゃダメよ？　すーぐ調子に乗るんだから、この子は」

「ぶぅー。智美先輩に言われたくありませんよ～。智美先輩だって涼子先輩のお弁当食べてるじゃないですか」

「私は働いたもん。このお弁当をここまで運んだのは私だ！」

「それぐらいだったら私だってできますよ～だ」

「まったく……可愛げのない子ね」

「可愛げは智美先輩だってないじゃないですか～」

「私は――」

「……あの」

言い合いを始めた二人に、おずおずといった感じで桐生が手を挙げる。

「なに？　桐生さん。どうしたの？」

「いえ、どうしたのって……」

そう言って桐生は、視線をちびっ子に向けて困ったように眉根を寄せた。

「……どちら様？」

「……ああ、そっか。ごめんごめん。初対面だもんね。ほら！　アンタも自己紹介しなさい！」

「あ、すみません～。私、川北瑞穂って言います。一年一組、女子バスケ部です！　智美先輩の後輩ですね～。以後、よろしくお願いします！」

ビシッと敬礼までしてみせるちびっ子――瑞穂。その姿に小さく微笑み、桐生も挨拶を交わす。

「ご丁寧にどうも。私は桐生彩音よ。クラスは二年一組ね。以後、よろしく」

「はい！　桐生先輩！　以後よろしく――」

あ、フリーズした。

「――ってええええええええ――――!!」

にこやかに挨拶、後、絶叫。口をパクパクさせて、俺の服の袖(そで)をぐいぐいと引っ張る。

「なんだよ？　つうか、伸びるから離せ」

「あ、すみま――じゃなくて！　な、なんでですか！　なんで桐生先輩が一緒にお弁当食べてるんですか!!　桐生先輩って『あの』桐生先輩でしょ!?」

「『あの』が何を指しているかは大体分からんでもないが、間違っても本人の前で言うなよ？」

「言いませんよ！　私だって命は惜しいんです！」

さよか。賢明な判断だ。

「そんなことより！　なんで!?　なんでですかっ！」

「……なんか懐かしい反応ね。最近、こういう反応する子、久しぶりに見た気がするわ」

桐生は桐生であわあわしている瑞穂を見て、なんだかほっこりした顔をしてる。あれ？　実は結構、『悪役令嬢』気に入っていたりするの？

「なんでって……そういえばなんでだ？」

「さあ？　私は誘われたから来たけど……なんでかしら？」

「うん？　それは桐生さんと話してみたかったからだよ？　ね、涼子」

「うん。そうだよ」

「だ、そうだ」

「そんなんで分かるワケないじゃないですか！　え？　ええ？　ど、どういう関係なんですか！」

「ああ、川北瑞穂――瑞穂は俺の妹の茜と同級生でな。ほら、俺に一個下の妹がいるって言ったろ？」

「……私としては三人と川北さんの関係が気になるんだけど？」

やかましいヤツだな。

「嘘だぁ！」

「一緒に弁当を食う関係だな」

「ええ。京都にいらっしゃるのよね？」

「そうそう。その妹とミニバス時代からつるんでる仲だ。最近はそうでもないけど、小、中学校の頃は良くウチにも遊びに来てたから」

「幼馴染（おさななじみ）、というわけ？」

「まあ……そうなるのか？」

茜がミニバスを始めたのは小学校一年からで、瑞穂との付き合いはそれからだし、なんとなく『幼馴染』感はない。幼馴染ってやっぱ、保育園とか幼稚園ぐらいからの付き合いじゃね？

実際、涼子も智美もそうだし。涼子に至っては家まで隣同士だ。

「まあ、そんなわけで小さい頃は良く五人で遊んでたってワケ。うち、集合場所だったたし」

「たまり場？」

「別に家で遊んで～……みたいなことはなかったかな？　遊ぶのは主に外だったし」

「年齢はともかく、女の子ばかりの中で貴方（あなた）、よく一人でいられたわね？」

「まあ……そう言われてみればそうか」

今考えたらハーレム状態じゃん、俺。当時はそんなこと微塵も感じなかったが……あれ？　もしかしてあの時が人生最大のモテ期だったりする、俺？

「……ま、いいじゃん。ともかくそんな仲ってワケ」

「ふーん。それじゃ、私はお邪魔かしら？」

「こっちが招待したんだぞ？　邪魔なのは瑞穂だ」

「ひどいです、浩之先輩！　邪魔ってなんですか、邪魔って！」

「呼ばれてもないのに飯の匂いに誘われてきた時点で、邪魔者扱いされても仕方ねーだろうが。それが嫌なら桐生にビビらず、黙って食え」

俺の言葉に『うぐぅ』と言葉を詰まらせ、その後でチラリと桐生の顔色をうかがう。視線に気付いた桐生がにこりと微笑むと、慌てて視線を逸らした。

「……浩之先輩、浩之先輩」

「なんだ？」

「ヤバいっすね、あの笑顔。普段『むすっ』……とはしてないですけど、クールな桐生先輩があんな可愛らしい笑顔浮かべると……」

「……浮かべると？」

「……ヤバい扉、開きそうです」

「……開いて向こう側に行って、そのまま帰ってくるな」

何馬鹿なこと言ってんだ、コイツは。

「アホなこと言ってないでさっさと食え」

「わ！　待ってくださいよ！　あんまり早食いしたら消化に悪いんですよ！　太りやすくなっちゃいますし！」

「お前、バスケ部で犬みたいに走り回ってるじゃねーか。カロリー付けろ、カロリー」

「女子高生に悪魔の誘惑を……それに、今日はダメです！　部活休みなのでカロリー消化できないんですよ」

「犬は否定しないのな。っていうか、こないだも休みじゃなかったか？」

月曜日だっけ？　なんかあの日も休みって言ってた気がするんだが……

「土日でちょっと遠征したんだよね、ウチの部活。大会があったから。それに向けてちょっとハードな練習してたから、今週はこんな日程なんだ」

智美の説明に合点がいく。まあ、ハードワーク続いていたんだったら、ゆっくり休むのも練習の内だわな。

「そうなんですよ……なんか私、元気があり余ってまして」

「お前は疲れてないのか？」

「そりゃ、疲れてますよ？　でも、練習しないとなーんか体が鈍っていく気がするんですよね～。それに、茜はきっと練習してますし」

「茜基準なのか？」

「そうです！　私達は友達で、ライバルなんです！　全国大会の決勝で出逢う為に、別々の高校で頑張るんです！」

　ググっと拳を握ってそう宣言する瑞穂。そんな瑞穂を横目で見ながら、桐生が俺の袖をちょんちょんと引っ張った。

「どうした？」

「いえ……ウチのバスケ部ってそんなに強かったかしら？」

「弱いな」

「……」

「……言わんとしていることは分かる。分かるがまあ、目標を高く持つことは良いことだ。それに、瑞穂は普通に上手いし、智美も上手いからな。今年はともかく、来年は良いところまで行くかも知れん。智美は上背もあるし」

　無論、世界と戦えますってわけではないが、少なくとも俺と同じくらいの身長があれば女子高校生としては高い方だろ。まあ、俺が低いという説もあるが……普通だよな？　百七十センチって。

「川北さんは？　見る限り……決して大きくはないけど」

「その分、運動量が凄いんだよ、瑞穂は。やり過ぎなぐらい練習するし」

「そうなのよ！　っていうか、ヒロユキもちゃんと言ってよね？　休むことも練習って！　聞かないんだから、この子」

「だ、そうだ」

「うー……分かりました。それじゃ今日は浩之先輩とワン・オン・ワンにしておきます」

「待て。なんで俺がお前の練習に付き合わなくちゃいけないんだよ？」

「練習じゃないです。遊びですよ、遊び。良いでしょ？」

「ダメよ、瑞穂。アンタそんなこと言っていっつも最後はマジになるじゃない」

「今日は大丈夫ですよ！　ねえ、浩之先輩？」

「お前がそう言って大丈夫だったことはないが？」

いっつもヘロヘロになるまで付き合わせるくせに。お前と違って運動不足気味なの、俺は。

「……ねえ」

「なんだ？」

「鈴木さんや川北さんが女子バスケ部なのは知ってるけど……貴方もバスケ部だったかしら？」

「いや、帰宅部だ」

「だったわよね？　それじゃなんで川北さんは貴方なんかと練習したがるのよ？」

「なんでって……」

「へ？　私が浩之先輩と練習したがる理由ですか？」

「そうよ。それこそ、鈴木さんと練習した方が為になるんじゃない？　まあ……鈴木さんはイヤそうだけど」

目の前で大きくバッテンを作って見せる智美にチラリと視線を向け、その後瑞穂にその視線を向ける。と、そこにはきょとんとした顔を見せる瑞穂の姿があった。

「智美先輩との練習も為になるんですけど……でもやっぱり浩之先輩との練習の方が役に立ちますから。ポジションも一緒ですし」

「……あるの？　帰宅部にポジションとか」

「ギャグで言ってるんだったら0点だな」

「いえ、別にギャグじゃなくて……ちょっと理解が追いつかないだけよ」

心底、不思議そうな表情を浮かべる桐生。そんな桐生に満面の笑みを浮かべて瑞穂は口を開いた。

「だって浩之先輩、男子バスケの国体選抜ですよ？　学ぶことは多いですよ!!」

瑞穂の言葉にきょとんとした表情を見せた後、桐生は俺に視線を向けると首を傾げてみせた。

「ええっと……貴方、国体に出たの？」

「でてねーよ。瑞穂も言ったろ？　国体『選抜』だって。しかも元だし、もっと言えば候補だからな？」

「違うの？」

「来年だったかな？　ウチの県で国体開かれるだろ？　だから、県のバスケ協会のお偉方がえらく張り切ってな。県内の中学生集めてチーム作ったんだよ。県選抜みたいな感じか？」

ウチの県は伝統的にバスケットは弱い。流石に地元開催で一回戦負けは格好が悪いだろうということで、選抜チームが結成されたってわけだ。

「それに選ばれたの、貴方？」

「運が良かったんだろ」

そう言って俺は唐揚げを口に運ぶ。と、不満そうな顔をした瑞穂から突っ込みが入った。

「そんなことないです！　浩之先輩は凄い格好良かったんですよ！　バスケをしている時は！」

「……それ、バスケしてないときは格好悪いって言ってるか？」

「低身長でありながらそれを逆手に取った様に相手のディフェンスを掻い潜るドリブル、裏の裏をかいた様なトリッキーなパス、それにロングレンジからでも決めることの出来るシュート力！　私が知る中では世代最強のポイントガードといっても過言ではありません！」

「いや、過言だよ」

なんだよ、世代最強のポイントガードって。んな凄くないから、俺。

「……べた褒めじゃない。そうなの？」

「別にそんなに凄かったワケじゃねーよ。たまたまある試合で俺のプレーを見た協会の偉い人が、『練習に参加してみないか？』って言ってきただけだって」

そもそも弱いチームだったしな、ウチの中学校。ミニバス上がりは俺だけだったし、ちょっと目立っただけだろ。

「そう……でも、凄く栄誉なことじゃない？」

「まあ……嬉しくなかったと言えば嘘になるけど」

後に絶望に変わるが。そもそも、身長差が半端ないし。そんな俺に、少しだけ悩んだそぶりを見せた後、桐生がおずおずと右手を挙げた。

「……はい」

「どうぞ、桐生さん」

「その……これは聞いても良いことかしら？」

「聞いてみないと分からん。ただ、いきなり怒り出すことはないだろう」

まあ、何が聞きたいかは大体分かるけどな。涼子も智美も、そんなに顔を強張らすなよ。

「その……なんで貴方はバスケットをやめたの？」

……ああ、やっぱり。

「……やめてねーよ。さっきも言ったろ？　瑞穂の練習に付き合わされるって」

「でも、帰宅部なのでしょ？　失礼ながら、県の代表候補に選ばれるほどの能力があって、それを有効活用しないのは勿体ないと思うんだけど？」

「説教か？」

「そう聞こえたらごめんなさい。でも、ただの興味よ。私なら、絶対にやめないから」

「そうか？」

「ええ。バスケットは詳しくないから良く分からないけど……身長が高い方が有利なのよね？」

「まあな。それが全てじゃねーけど」

バスケは身長じゃないとかよく言われるけど、それは『身長差を実力で覆せる』ってだけで、低いよりは高い方が良い。同じ実力なら、身長の高い人間を試合で使うもん、俺だって。

「ならば、決して身長の高くない貴方が、県の選抜メンバーに選ばれる為になした努力はきっと、物凄いものだっただろうと思うわ。きっと、一生懸命に練習をしたんだろうということも分かる。そこまで努力したのなら――」

　私なら、きっとやめない、と。

「……ま、普通はそうかもな」

「でしょ？　だから、純粋に興味があったの。その……怪我、とか？」

「まあ、慢性的にどっかしら痛かったけど……選手生命にかかわるような酷い怪我は負ってないな」

「じゃあなんで？」

「あ、あの！　桐生さん？　そのあたりで――」

「面白くなくなったからだよ」

　桐生の言葉を制する様に声を上げた涼子。その声を遮るように、俺は言葉をかぶせる。

「……面白くなくなった？」

「そうだよ。面白くなくなったんだよ、『バスケット』が。一生懸命努力するのも、勝とうと思うことも、何もかもな」

「……」

「……」

「……そう。分かったわ」

「……あれ？　説教とかしないの？」

「なんで？　なんで私が説教するの？」

「いや、勿体ないって言ってたじゃん。だから、『面白くなくてもやれ！』っていうのかな～って」

「馬鹿にしないでくれる？　人から強制される努力ほど苦痛なものはないわ。貴方は面白かったからバスケットを努力したんでしょ？」

「まあな」

「それが面白くなくなったからやめた。いいじゃない、それで。無理に楽しくないことなんて、する必要はないわよ」

「……こう、向上心がないとか、甘えるな、とか……」

「言ってほしいの？」

「全然」

「でしょ？　私だってイヤよ、興味のないことするのは。まあ、バスケにそれだけ情熱を傾けられたのなら、帰宅部なんてしていないで別の何かに情熱を注げば良いのに、とは思うわよ？　どうせ家に帰ってもぼーっとしてるだけでしょ？」

「失礼な。漫画やゲームで忙しいよ」

「それ、ぼーっとしてるのと変わらないじゃない」

おかしそうにクスクスと笑う桐生。その姿を、少しだけ感心したように瑞穂が眺めて口を開いた。

「ほー。これはこれは」

「……何かしら？」

「いえ、意外なライバル登場かと思いまして」

「……ライバル、ね」

「そうです！　私は浩之先輩ガチ勢ですから！」

「……あら？　そうなの？」

「じゃないと放課後にバスケに誘ったりすると思います？　ねー、浩之先輩？　らぶー！」

「はいはい。ラブ、ラブ」

「ええっと……二人はお付き合いを」

「してるワケねーだろ。こんなチンチクリン」

そもそも俺の好みは大和撫子（やまとなでしこ）なの。

「あー！　浩之先輩！　言ってはならないことを言いましたね！　こんなに先輩のことを愛しているというのに！」

「はいはい。ま、こんな関係だよ」

「……分かった様な分からない様な……」

微妙な表情をする桐生。と、そこで予鈴（よれい）がなった。

「喋(しゃべ)ってばっかりで、全然箸(はし)が進んでねーな。わりぃ、涼子」

「ううん、良いよ。残りは晩ご飯にでもするから」

「折角(せっかく)作ってもらったのに申し訳ねーな」

頭を下げる俺に、『いいよ、いいよ』と手を振る涼子。今度、なんか奢(おご)るわ。あ、映画奢るのか。

「あー、涼子先輩のお弁当、食べそこなった……これも浩之先輩のせいですよ！　先輩の話になんてなるから！」

「……俺の記憶が確かなら、話振ってきたのお前じゃなかった？」

「そんな細かいことはどーでも良いんです！　それより、浩之先輩！　放課後暇ですよね？　一緒にしましょ、バスケ！」

「いや、だからな？　お前は——」

「ごめんなさい、川北さん。カレ、放課後に少しだけ用があるの」

「——何を……桐生？」

「用？　浩之先輩に？　なんの用で……っていうか、浩之先輩に用があるのを、そもそも桐生先輩、なんで知ってるんですか？」

首を傾げる瑞穂に、綺麗(きれい)な微笑(ほほえ)みを浮かべて。

「そうね——デート、かしら？　私との」

「……よう。待たせたか？」

「あら？　思ったより早いわね？　私はもう少し掛かるかと思ったわ」

「涼子と智美に感謝しろ。あいつらが引き留めてくれたから、俺は今ここにいるんだぞ？」

「そう。それじゃ今度、差し入れでもしましょうか？」

「料理も出来ないくせに何が差し入れだ。部活の出来ない体になったら恨まれるぞ？」

「馬鹿にしないでくれる？　手作りなんて無謀なことをするわけないでしょ？　ちゃんと買っていくわよ」

「胸を張って堂々と言うな」

　っていうかだな？

「……なんだよ『デート』って」

　そう。

　こやつが屋上で『放課後はデートよ』なんて正気の沙汰とは思えん言葉を吐いたせいで、さっきまで瑞穂にスゲー絡まれてた。面倒くさいことこの上ないんだぞ、アイツは。

「ちょっとした冗談よ？」

「時と場合を考えて言ってくれるかね、そんな冗談は」

「ごめんね。そうね……ちょっと気分が高揚していたのかも知れないわ」

そう言って少しだけ嬉しそうに笑って。

「同年代の女の子とお昼ご飯なんて、久しぶりだったから」

……なんか物凄く悲しいこと言いやがった。いや、コイツの場合自業自得なんだが……なんだろう、不憫な。

「……また来るか？」

「そうね。魅力的な提案だと思うけど……良いのかしらね？」

「なにが？」

「……まあ、貴方が分からないならそれでいいわよ。それより、さっさと行きましょう？ 時間は有限だし」

「行く？ 何処に？」

「買い物よ」

「……冗談じゃなかったのか？」

「『デート』は冗談だけど、貴方と買い物には行きたいと思ってたのよ。家具とかテレビとかの大きなものは明日、明後日には搬入されるらしいけど日用品とかはないのよね。色々いるでしょ？ 本当は土曜日にでもと思ったんだけど……貴方に用事があったら申し訳ないでし

「なら丁度良かった。明日、明後日は業者が搬入してるだろうから、邪魔になるだろうし今日ぐらいしかなかったのよね。ちなみに私は日曜日にはあの家に行く予定だけど、貴方はどうするの？」

「確かに、土曜日はちょっと用事があるなよ？」

「あー……どうしようかな？　まあ、夕方には行くかも」

「分かったわ。それじゃコレ、渡しておくわね」

そう言うと、制服のスカートから鍵を二つ取り出した。

「家の鍵？　ええっと、二個あるってことは一個が合鍵か？」

「いいえ。一個は貴方の部屋の鍵よ」

「……部屋に鍵があんの？」

「私の部屋にもあるわよ？　流石に、一つ屋根の下で年頃の男女が一緒に住むんだもん。それぐらいの配慮はいるでしょ？」

いくら許嫁とはいえね、と笑う桐生に俺も苦笑を浮かべる。

「まあな。どれくらいこれが言い訳になるかは知らんが……」

「そうね。バレたら一発アウトだもん。まあ、お互いに『親公認』というところが逃げ道かしら。不純異性交遊ではないものね？」

「……そういえば俺、お前の親父さんとか話したこともないけど……良いのか？」

「良いんじゃない？　お父様も『合わせる顔がない』って言ってたから、お互い様よ」

「そっか」

まあ、『娘さんを僕に下さい』ではないしな。どちらかといえば、『貴方(あなた)の身柄、頂きました』だもんな。改めて考えるとスゲーな、それも。

「そういうこと。それじゃ、行きましょうか」

「……っ、疲れた」

「お疲れ様。さあ、荷物置いて。ジュースでもいれましょうか？」

「買ってきたヤツ？　じゃあ俺、オレンジ」

「分かったわ。ちょっとゆっくりしていて。片付けは私がしておくから」

お言葉に甘えて、俺はソファに腰を降ろす。マンションの近くにちょっとしたスーパーと百均があったおかげで助かった。アレだな？　やっぱり新生活始めるって結構いるものがあるんだな。

「にしても百均って」

「何よ？　良いでしょ、百均。必要なモノはある程度揃うもの」

「そうだけど……もうちょっと、高価なものじゃないとダメとか言うのかと思った」

イメージ狂うわ。

「私の家は所詮、『成金』だから。お父様の若いころは某牛丼チェーンの牛丼がご馳走だったらしいわよ。基本的に庶民なのよ、私も」

「むしろ、この令和の時代に牛丼がご馳走ってどんだけだよと思うけど」

まあ、親父さんの時は平成だろうが……それにしてもだ。

「少なくとも苦労人ではあるわよ、私のお父様。だからこそ、『家柄』に拘るんだけど……まあそれはともかく、お客様を迎えるのであればある程度、格式ばったものも必要でしょうけど……普段の生活で使うものなんて消耗品でしょ？　十分よ、これで」

「そういうもんか。っていうか、これ以上何を搬入してもらうんだよ？」

机に冷蔵庫、ソファもあるし、まさかこれ以上に家具が増えるのか？　テレビがあれば良くね？

「その……ごめん、私の家で使ってる私の家具とかの搬入をするのよ。新しく買い揃えてもいいんだけど……お気に入りだし、勿体ないから」

「別に謝る必要はなくね？」

「その……貴方の部屋の家具は既に搬入済みなのよ。もしかしたら愛着のあるものとかあるかも知れないけど……ごめんなさい。もちろん、請求なんてしないし、そこそこ良い物を選んだつもりよ？　『これくらいはさせてもらわないと』って、お父様が」

「……別に謝る必要はなくね？」

うん。だって新品の家具にしてくれたってことだろ？　むしろラッキーって感じなんだけど？

「そ、そう？　それは良かったわ」

「あー……でもそれなら、ちょっと部屋見てきて良いか？」

なんだかちょっとワクワクしてきた。そんな俺の表情を見て、桐生は小さく苦笑する。

「玄関に一番近くの部屋があったでしょ？　あそこよ。ジュースをいれたら呼ぶわ。ゆっくり見てきて」

「はいよ～」

でっかいリビングを出て廊下を歩き、玄関に一番近い部屋へ。ドアノブを回そうとして鍵が掛かってることに気付き、俺はズボンのポケットから鍵を取り出すと鍵穴に差し込みゆっくりと回す。

「……でか」

広さは十畳……ぐらい？　窓際には勉強机と本棚、部屋の隅にはベッドが置いてあり、小さめの冷蔵庫やテレビまで置いてあった。

「……俺、この空間だけで暮らせそうだな」

引き籠もることも出来そうだ。鍵まで付いてるし、なんだったら——

「……ん？」

よく見ると、机の上に封筒が置いてあった。表には達筆な字で『東九条浩之殿』と書いてあり、裏返すと『桐生豪之介』と書いてあった。

「桐生～？」

「なーに？　もうちょっと待ってー」

「いや、それは良いんだけど……お前の親父さん、名前なんていうの？」

「お父様？　豪之介だけど？」

「……」

んじゃ、コレ、桐生の親父さんからか。『どうしたの～』という桐生になんでもないと返答し、俺は封筒を開ける。そこには便箋三枚の手紙が入っていた。

「……」

一枚目の一番上には表書き同様に達筆な字で『東九条浩之殿へ』と書いてあった。

『――親愛なる東九条浩之殿。まずはこの様な形で、しかも手紙でのご挨拶になったことに関し、深く陳謝する。また、この度は我が家の我儘で君にとって大変な迷惑を掛けたことも重ねてお詫びをしたいと思う。前途ある若者にとって、愛しもしない許嫁を押し付けられても困るだろうし、何よりも私のことを憎むだろうとも、そうも思う。そして、私はその恨みを粛々と受け止める気でいることをまず、覚えていてほしい』

「……真面目な人だな」

この人も……まあ、我儘なんだろうけどウチの親父だって大概悪い。だから、この人だけが悪いわけ――

「……ん？」

『――だが、それはそれとして……よく考えてほしい。親の欲目はあろうが、ウチの彩音は非常に美しく育った。立てば芍薬座れば牡丹歩く姿は百合の花という言葉があるが、ウチの娘は正にその言葉通り、いや、むしろその言葉こそ彼女の為にあるのではないだろうかと思う程、美しく育ったと思う。加えて彼女は成績も優秀だし、運動も得意だ。ただ、勘違いしないでほしい。彼女は決して才能に恵まれていたわけではない。いや、才能には勿論恵まれていたが、その才能を伸ばす努力を怠らない、つまり内面も美しい子なのだ。確かに、人付き合いは若干難がある。難があるが、それもまるで人に懐くのを恐れる子猫の様で可愛らしいではないか。そうだろ？　そう思わないか？　っていうか、そう思ってくれ。可愛いから、ウチの子』

「……あれ？」

『……そんな手塩にかけた娘が、見ず知らずの男のモノになるのだ。分かっている。こちらの我儘だというのは重々承知している。承知しているが……一人の父親として、これだけは言わせてくれ』

「……」

『――いま君に逢うと……正直、殴ってしまいそうだ』

「合わせる顔がないってそっちかよっ!!」

リビングから『どうしたの～』という桐生の声に『なんでもない』と答え、俺は手紙を机の引き出しの奥深くにしまった。うん、見なかったことにしよう！

第四章　それはきっと、『素材』の勝利じゃ、ない。

桐生の親父さんからの衝撃の告白、具体的には物理的に俺の心を折ってくるという告白に辟易しながら家に帰った水曜日を越えると、比較的に木曜日・金曜日は大過なく過ぎていった。というよりは、ようやく普段の俺の生活を取り戻したというべきか。そもそも、目立たず騒がずをモットーにする俺的には前半三日は目立ったし、騒ぎ過ぎだと思うんだ。

『……本当にごめん！』

そして迎えた土曜日。電話口からくぐもった声を出す智美に、俺はため息をついた。

「……小学校の頃から皆勤賞ペースだったお前が、何で今日に限って風邪引くかな？」

『うう……ゲホゲホ……だって～。今週、あんまり練習もなかったから、体がなまったのかな～？』

「一週間やそこらでなまるかよ」

今日は待ちに待った——とは言えないが、映画の日だ。ほれ、藤田からチケット貰った、例のアレ。

「まあいい。ゆっくり寝とけ。チケットは……もったいないけど仕方ないだろ」

『うー……確かに。ヒロユキ、来週から忙しいもんね。今日を逃したら難しいか……』

「忙しいかどうかはともかく、環境も変わるからな。どうなるか分かったもんじゃないし……流石に今日を逃すと行けるかどうか分からん」

そんなに縛られる感じではなさそうだが、何かしら突発的なイベントが起きないとも限らないし。

『う～……残念だー……ゲホ』

「仕方ないだろ？」

『……埋め合わせ、してくれる？』

「……それはむしろ俺のセリフだと思うぞ？」

マジで。

『でも、チケット、勿体ないよね……そうだ！　桐生さん誘っていってくれれば？』

「何言ってんの、お前？」

『いや、だってチケット勿体ないじゃん。涼子とヒロユキと桐生さん、三人で行っておいでよ！』

「その選択肢は一番、なくね？」

それだったら一枚無駄にしても涼子と二人で行くか、或いは瑞穂を誘って三人で行くぞ？

むしろ別にチケット無駄にしてもゆっくり出来るならそれで良いのだが……

『ダメだよ。涼子、楽しみにしてたし。中止は可哀想じゃん』

「んじゃ涼子と二人で行くぞ？」

『馬鹿だな、ヒロユキは……ゴホ。まず、涼子と二人で行く選択肢はなーし！　そんなうらやま――じゃなかった、私を除け者にするのはダメです！』

「別に除け者じゃねーけど」

『瑞穂と行くのも却下！』

「なんでよ？」

『据え膳どころか口元まで箸を持っていってあーんする様な行為を許す馬鹿、どこにいるの？』

「何言ってんのお前？　馬鹿なの？」

『ともかく、瑞穂と三人で行くのは却下！　桐生さんならその点……安心だし……ゴホ』

「安心？」

『いいの！　ヒロユキは気にしなくて！　それよりホラ！　桐生さん、誘ってみたら？　明日から一緒に暮らすんでしょ？　仲良くしといた方がいいんじゃない？』

「……」

まあ……確かに。智美のいうことも一理ある。最初ほどの苦手意識はないが、そこまで――一緒に仲良く暮らせるほどに親密なワケじゃない。むしろ二人きりで過ごすより、涼子という緩衝材がいてくれた方が助かるのは助かる。涼子には申し訳ないが。何より、元々日用品の買い出し、今日行こうって思ってたって言ってたし、暇かも知れんしな。

「……でも、涼子が良いって言うか？」

『涼子には私が言っておく。気になるなら後でメッセ送るから、それを見てから連絡すれば？』

「そっか。分かった。それじゃ――」

……あ。

『どうしたの？』

「……俺、桐生の連絡先知らねーや」

『……は？　アンタら、明日から二人で暮らすんじゃないの？　なんで連絡先の一つも知らないのよ？』

「いや……なんでって」

交換する機会がなかったというか……

『はあ。まあ良いわ。それじゃ涼子と話が終わったら桐生さんの電話番号も一緒に送るから。それで連絡しなさい』

「……なんでお前が知ってんの、連絡先？」

『？　一緒にお昼食べた仲だよ？　交換ぐらいしない？』

「……」

……コミュ力モンスターめ。

「……分かった。それじゃ、とりあえず連絡を待つわ」

『はーい。その……ごめんね？』

「気にすんな、早く治せ」

そう言って電話を切って小さくため息。数分後、智美から『涼子はおっけー！　これ、桐生さんの連絡先！』と送られてきたメッセージにもう一度小さくため息を吐くと、番号をタップする。プルル、プルルと数度の呼び出し音の後、電話の向こうから訝し気な声が聞こえてきた。

『……もしもし？』

「あー……俺だ、俺」

『……俺俺詐欺？』

「違うって」

『この番号を警察に届ければ良い？　俺俺詐欺の現行犯で逮捕してもらえるんじゃない？』

「違うって！　俺だよ！　東九条だよ！」

『……ふふふ。冗談よ』

「……やめてくれよ」

　まあ、俺の電話の仕方も悪かったけど。

「……っていうかよく分かったな、俺だって」

『さっき鈴木さんから連絡がきたの。東九条君に連絡先教えても良いかって。しっかりしてるわね、鈴木さん。ちょっと印象が変わったわ』

「……意外にああいうところしっかりしてるんだよな、アイツ」

　友達の友達は友達じゃないケースも多いし、勝手に連絡先教えたら思わぬトラブルになることもあるからな。コミュ力高いってのはもしかしなくても気遣いが出来るってことなんだろう。小さいことかも知れんが、だからこそ余計に。

『個人情報に留意してくれるのは素晴らしいわね。私の番号は登録しておいて。貴方のも登録しておいて良い？』

「ああ。これから必要になるだろうしな」

『ふふふ……初めてよ、同年代の男の人の携帯番号を登録するの』

「……」

……なんだろう。普通桐生程の美少女にこう言われたらぐっときそうなもんなんだが、嬉しさよりも、可哀想さが先立つ。友達いない子だもんな、桐生。きっと携帯番号登録第一号は智美なんだろう。

『何か失礼なこと、考えてないかしら？』

「全然」

危ない。ついつい、思考が漏れたか。

『それで？　鈴木さんからは要件を聞いてないけど、なんの用なの？　デートのお誘いかしら？』

少しだけからかう様に笑う桐生。あー……

「まあ、当たらずとも遠からずか」

『……え？』

「いや、デートっていうか……今日、智美と涼子と三人で映画を見に行く予定だったんだよな。それが、智美が風邪引いてさ。行けなくなったから」

『代わりに、と？』

「いや、代わりってなんか言い方悪いけど……まあ、チケット無駄にするのも勿体ないし、もし予定がなければどうよって。元々、今日買い出しに行くって言ってただろ？　暇かな～って」

『そうね。特段、用事はないけど……ちなみに、なんの映画？』

「最近、ＣＭバンバンやってる例のアレ。ハリウッドの大作ってやつ」

『ああ……アレね』

「興味ない？」

『そうね……今日は本屋さんにでも行って、ソレの原作を買おうかと思ったぐらいには興味あるわ』

「それ、無茶苦茶興味あるやつ」

『渡りに船、って感じかしら。賀茂さんは良いの？　私が行っても？』

「コミュ力モンスターがその気遣いが出来ないと思う？」

『愚問だったわね。ありがとう、お誘い頂いて。どうすればよいかしら？』

チラリと時計に視線を走らせる。今が八時半だから……

「上映は十時半からだから、十時二十分までに駅前の映画館集合でどうだ？」

『問題ないわ』

「それじゃ、それで。遅れずに来いよ？」

『ええ。ふふふ、東九条君？　私ね？　男の人と映画館に行くの、初めてよ』

電話口で楽しそうに笑い。

『──だから……すごく、楽しみ』

「……」

……お前、同年代の女性とも行ったことねーだろうとか思ったけど……これ、言ったら確実に怒られるやつだよな？

『……何か失礼なこと考えてないかしら？』

「か、考えてねーよ！　じゃあな！　遅れるなよ！」

あ、危ない。こいつ、実はエスパーなんじゃねーか。

家を出て、涼子と共に映画館に着いたのは十時過ぎ。土曜日ということもあるが、駅前はそこそこ混んでいた。

「……早いな」

「そうかしら？　貴方たちもじゃない」

そんな中、俺と涼子はあっという間に桐生を発見した。なんというか……目立つのだ。確かに美少女感半端ない感じではあるが、『ザ・お嬢様』な感じのその服装は、所詮（しょせん）地方都市でしかないこの街では、場違い感すらある。

「ふえー。桐生さん、綺麗だね」

「ありがとう。賀茂さんも可愛らしい服ね」

「そう？　お気に入りなんだ、この服」

そう言ってにっこり笑う涼子に桐生も笑顔を返すと、俺と涼子に向かって頭を下げた。

「……今日はお招きいただき、ありがとうございます」

「そんなに畏まらないでよ～。折角だから、楽しもう？」

「……そう言ってくれるなら。それで？　チケット代はいくらかしら？」

「あー……良いよ。ここは俺の奢りだから」

「そんな、悪いわよ。お邪魔するのは私なのに」

「お邪魔って。誘ったのはこっちだし、んな気にするな」

手をひらひらと振ってみせる俺に、持っていた鞄から財布を取り出そうとする桐生。そんな桐生の手を、涼子が優しく押し止めた。

「……賀茂さん？」

「桐生さん？　ここは浩之ちゃんに出させてあげて。男の甲斐性ってやつだから」

「……そうなの？」

「別に男の甲斐性とまでは思ってはいないが」

そもそも、これって智美と涼子への詫びだしな。詫びを作った原因に奢るのはどうかとも思うが、涼子と智美が良いなら良いだろう。

「っていうか、ここでお前に出せたら智美にも何言われるか分からんからな。黙って出させてくれると助かる」

あいつ、絶対文句言うもん。『はあ？　私と涼子へのお詫びでしょ！　貴方がチケット奢るって話なのに何お金出させてるのよ！』って。結構筋論に煩いし、アイツ。

「……そう？　それじゃ……お言葉に甘えて」

遠慮しながら財布を鞄に戻す桐生の姿ににっこり微笑み、涼子は桐生の手を取った。

「それじゃ、いこ？　桐生さん！」

「え、ええ。い、行きましょうか」

あ、アイツ、ちょっと困ってる。友達と映画館に行くなんて初めての経験でテンパってる上に、涼子の距離感にも戸惑ってるようだ。うんうん、仲良きことは良きことかな。

「……貴方、失礼なこと考えてるでしょ？」

「美少女二人の仲睦まじい姿は眼福だって思っただけだよ」

「び、美少女って！」

「さ、行くぞ」

戸惑う桐生の背中を押しながら館内へ。土曜日で混んでいるかと思ったが、館内は予想していたより空いており、俺達はセンターのそこそこいい位置に腰を降ろす。

「……」

やがて映画が始まる。ハリウッド映画史上制作費の最高額を更新したとかしないとかの映画であり、ここ最近、テレビCMなんかをバンバン打っている映画だ。内容自体は……『不思議の国のアリス』と、『ネバーでエンディングなストーリー』を足して水で薄めて三で割った様な……まあどっかで聞いたことのある内容であり、どちらかというと親子で楽しむタイプの映画のようだ。少なくとも、俺の好みではなかった。恐らく、智美の好みでもないだろう。

「あー面白かった！」

映画館を出て、それじゃ解散、というのも味気ないとの涼子の提案で、俺ら三人は駅前の喫茶店に陣取った。俺は一人、対面に並んで座った二人はきゃっきゃっと言いながらパンフレットを覗き込んでいる。

「可愛かったよね〜、あのヒロインの女の子」

「そうね！　ストーリーも面白かったし……やっぱり原作、買って帰ろうかしら？」

「あれ？　桐生さん買う予定だったの？　私持ってるから、良かったら貸すよ？」

「良いの？　あー……でも、ありがとう。私、気に入った本は手元に置いておきたいタイプなの。きっと気に入る気がするから、自分で買うわ」

「あ、桐生さんも？　実は私も手元に置いておきたいタイプ」

「賀茂さんもなのね。たまに読み直したくなるわよね、本当に面白い本って」

「そうなんだよね〜。図書館利用するのも良いんだけど……返さなくちゃいけないから。だから私、折角図書館で借りたのに気に入った本を結局自分で買ったりして」

「分かるわ。私もたまにそういうことあるもん」

　まあ、涼子は昔から本が好きだし、桐生もアレだけ勉強できるんだから読書家なんだろうとは思うが……ここまで似てるんだな、二人とも。

「桐生さんもなんだ！　浩之ちゃん、聞いた？　前、『バッカじゃねーの？』って言ってたでしょ！　いるんだよ、ここにも！　仲間が！」

「……そっか。良かったな」

　正直、馬鹿が二人になったとしか思えんが。読みたくなったらまた図書館で借りればいいじゃん。

「分かってないわね。図書館は誰かが借りていって、お目当ての本がない可能性もあるわ。それに、図書館の蔵書だって入れ替わりがあるし」

「……んじゃそうなってから買えば良いんじゃね？」

　不測の事態に備えておくってのは悪くないとは思うが、無駄にお金を使うのはどうかとも思う。まあ、読書家にとっては無駄なお金じゃないのかも知れんが。

「その瞬間に読みたい！　っていう気持ちがあるの！」

「そうだよ、浩之ちゃん！　こう、湧き上がるリビドー的な！」

「なに言ってるのお前!?」

　びっくりした。土曜の昼間から飛び出す言葉じゃないぞ、リビドーって。

「ふん。下世話ね。リビドーは別に性的衝動だけを指す言葉じゃないわ。精神分析学ではリビドーを様々な欲求に変換可能な心的エネルギーと定義しているのよ。よって、この場合の賀茂さんの『リビドー』は適切な表現よ。何も間違っていないわ」

「いや、そうかも知れんが……なんだろう？　言い方ってない？　一般的にリビドーってそういう風にとらわれがちじゃん？」

無駄に誤解を招く表現をする必要は微塵もないと思うんだけど。

「なぜ？　間違ってないことを、なぜ世間の評価に合わせて曲げる必要があるの？　何も間違ったことは言ってないのに、なんで人の目を気にして、言い方や考え方を改めなくちゃいけないの？　そんなの、絶対おかしいじゃない！」

お前、ちょっと落ち着け。何興奮してんだよ？　アレか？　正しいことをしてるはずなのに、悪役令嬢的な口と態度の悪さで周りから疎外されてるからか？　悪いがソレ、自業自得だと思うぞ？

「そうだよ、浩之ちゃん！　正しいことは正しいんだよ！」

お前もな？　なんでリビドーの話でこんな盛り上がるんだよ。

「……はぁ。分かったよ」

「ふ……勝ったわ」

「そうだね！　私たちの勝利だよ！」

そう言って二人で『ねー』なんて頷きあう涼子と桐生。随分仲良くなったのは良いんだが。

「そんじゃお前ら、これから水泳の世界選手権のこと、『ドキドキ！　水着だらけの大水泳大会！』って言えよ？　人の目、気にしないいんだろ？」

「……」

「……」

「なんだよ？　何も間違っちゃいねーだろうが。世界選手権で誰が勝つかな～ってドキドキするし、水着だらけだぞ？」

「……そうだけど」

「……なんか……ねぇ？」

え？　なんで『コイツだけは……』みたいな目で見てくるの？　俺の言ってること、そんなにおかしいか？

「なんでわざわざそんないかがわしい言い方しなくちゃいけないのよ！」

「あれ？　お前、一分前の自分のセリフ忘れてんの？」

「忘れてないけど……でも、違うでしょ！」

「なにが？」

「だから！」

「……はぁ。もう良いよ、桐生さん。浩之ちゃんなんか放っておこ？　それよりさ、最近どんな本読んだの？」

「……そうね。最近だとミステリーの――」

そう言って俺の事を無視して話し始める二人。仲良さそうでいいことだが。

「そうだ！　これから図書館行かない？」

「いいわね！　折角だし、お勧めの本を紹介しあう、とかどうかしら？」

「あ、それ良い！　それじゃ行こ、浩之ちゃん！」

「そうね。行きましょう、東九条君！」

……これ、俺に借りた本持てってことだろうか？

「……ふわぁ。良く寝た……って、もう昼じゃねーか。腹減った」

散々な昨日――まあ、映画までは良かったんだが、その後だよ。あいつら、図書館で二人でお勧めの本を散々紹介しあって、騒ぐだけ騒いだ後、各々十冊ずつ本を借りやがりやがった。何を結束したのか『持て！』と渡され、桐生と俺が生活する予定であるマンション経由で涼子の家まで荷物運びだ。本二十冊って結構重いんだけどな？　腕が千切れるかと思ったぞ。

「……なんか食うものあったっけ？」

取りあえず昼飯を食ったら荷造りだな。といってもせいぜい服とか靴ぐらいか？　家具一式あっちにあるし……何かいるものがあるか？　ま、もし足りないものがありゃ取りに帰ればいいか。そんなに遠い所ってわけでもないし。

「……ん？」

机の上に置いてあるスマホがブルブルと震える。ディスプレイを見ると、そこには昨日俺に過酷な労働を強いた片割れの名前が映し出されていた。

「もしもし？」

『もしもし、私よ』

「私私詐欺？」

『ディスプレイに名前が出るでしょうに。桐生よ』

「分かってるよ。どうした？」

『今日、何時頃あちらに向かうのかと思ってね』

「あー……まあ、六時くらいに行く予定かな。荷造りまだだし」

『荷造り、まだ終わってないの？　そんなことで間に合う？』

「俺の荷物自体は服とか靴とかの日用品だからな。それに、無茶苦茶遠いわけでもねーし。必要なものが届き次第取りに帰る予定かな？」

『そう……まあ、それも賢明な判断かもね。別に一度で全てを運ばなくても良いわけだし』

「そうそう。そもそも、昨日は大荷物持たされたからな。腕も痛いし、いっぱいは運べない」

『軟弱ね』

「お前、本を二十冊って結構な量だぞ？　重量、結構あるし」

図書館の人が気を利かせて紙袋貸してくれたけど……紙袋の底、破けそうだったしな。しかもハードカバーの本とか借りやがるから重い重い。

『……そうね。少し、申し訳ないと思うわ。ただ、助かったのは事実よ？　あの量を持って帰るのは私では少ししんどいから』

「あれ、全部読むの？」

『当たり前じゃない。じゃなかったら借りないわ』

「……涼子といいお前といい、凄い読書量だよな？　純粋に尊敬するわ」

『まあ、読書は趣味だからね。良い趣味よ、読書。貴方もすれば？』

「確かに高尚な感じはするな」

『そうじゃないわ。図書館利用すればそれほどお金も掛からないし、動き回ることはしないからお腹も空かない。適度に時間も潰せるから無駄遣いしないで済むし、経済的じゃない？』

「……」

そういう意味で読書が趣味なのかよ、おい。

『もちろん、知識欲が満たされるというのも理由よ？』

「取って付けた感が酷いんだけど」

なんかいきなり高尚でもなんでもない趣味になったな、読書。

『まあ、別に高尚である必要もないとは思うけどね。色んな理由で、私は読書が好きなのよ』

「まあな」

趣味なんか人それぞれ。その趣味に対するスタンスも人それぞれで良い気はするな、確かに。

「そんで？　なんか用事でもあったのか？」

『ああ、すっかり忘れてた。晩ご飯、どうするかなって』

「あー……まあ、六時なら微妙な時間だわな」

家で飯食うには早すぎるし、かといって作るのも面倒くさいな。

「どうする？　デリバリーでも取るか？　それともコンビニ弁当で良ければ買っていくけど」

『いえ、その必要はないわ』

「ないの？」

飯食ってくるってことか？　それじゃ俺は——

『——私が、作るから！』

……。

「……いや、なんで？」

『昨日のお礼よ。本を運んでもらった』

「本を運んだ上にポイズンクッキングってどんな罰ゲームだよ。なんだ？　やっぱりお前、俺のこと嫌いなのか？」

『……少なくとも今ので好感度が下がったわね。なによ、ポイズンクッキングって』

「こないだの包丁の持ち方見たら分かるに決まってるだろうが。あのレベルで他人様に手料理振る舞えると思ってんの、お前？」

『失礼ね。誰だって最初は初心者でしょ？』

「初心者だって流石に包丁の持ち方ぐらいは分かんだろう」

調理実習とかなかったのかよ、マジで。

『安心しなさい。私は私に出来る料理を練習したの。実は、披露したくてウズウズしていたところもあるわ』

「……」

『……ちょっと、なんで黙るの？』

「古今東西、料理下手なヤツが自信満々で披露した料理は失敗作って相場が決まってんだよ」

『どこの相場よ、ソレ。知らないわよ、私は』

主にアニメや漫画界隈の相場だな。

『大丈夫よ。流石に私も人に振る舞う手料理で失敗作は出さないわよ。ちゃんと練習したし』

「いや、練習したからって……ちなみに、味見はしたのか？」

『失礼ね。味見もしたし、お父様も『美味しい！』って太鼓判押したわ』

「……」

桐生の親父さんってあの親父さんだろ？　娘ラブな人だろうし、たとえ白目剝いても美味いって言いそうで信頼度は限りなくゼロに近いんだが。

『大丈夫よ、そんなに心配しなくても。ちゃんとお米も炊いておくわ』

「洗濯機で洗わない？」

『洗わないわよ。当然、洗剤でも。ちゃんと優しく洗うし、水に三十分ほどつけてから炊くわ。もちろん、冷蔵庫で冷やした冷水を使うから心配しないで？』

「……は？　水に三十分？」

『水にしっかり浸けた方がお米の芯まで水分を含ませることが出来るから、炊きあがりがふっくらするでしょ？』

「……冷蔵庫で冷やした冷水は？」

『引き締まって食感が良くなるじゃない。冷水で炊くと』

「……そうなの？」

知らんかった。マジか。

『家で何度か練習もしたわ。驚いたわよ。お米って炊き方一つであんなに味が変わるのね？　私も家の家政婦さんに聞いて初めて知ったわ。凄いわね』

「いや、確かに米は炊き方で味も変わるんだが……え、マジで？」

だってコイツ、ほんの一週間前まで洗濯機で米洗おうとしてたし、包丁に至っては猟奇殺人者みたいな感じだったんだぞ？

「……勉強したんだな」

『貴方が言ったんでしょ？　出来ないより出来た方が良いって』

なんでもない風にそんなことを言うが……それ、結構な努力だろ。

「……お前、すげーな。いや、凄いのは分かってたが」

『……まあ、貴方の言う通り、やっぱりお金も掛かるしね。いくら使っても構わないとお父様には言われてるけど、流石に無尽蔵にお金を使うのも少しばかり気も遣うし』

「お嬢様の言葉とは思えないな」

『あら？　貴方は高笑いしながら湯水の様にお金を使う方が好み？』

「いや、そんなことはねーけど。っていうか、別に良いんじゃねーか、好みじゃなくても。金と体の関係だろ？」

『……間違ってはいないけど言い方が酷いわね』

「……俺も言った後、『あ、これはない』って思った。な？　やっぱり大事だろ、言い方って」

『……そうね。少しは言い方も考えた方が……『雅』かしら』

「別に雅ってわけでもねーけどな。ま、とりあえず了解だ。六時に行けばいいのか？」

『そうね。それぐらいには出来上がる様に作っておくわ』

「胃薬は？」

『不要……と言いたいところだけど、万が一に備えて一応持参をお願いするわ。そう言えば、医薬品類全然買ってないわね』

「なんか買っていくか？　風邪薬とか冷却ジェルシートぐらいはあった方が良くない？」

『そうね……それじゃ、風邪薬と冷却ジェルシート、それと体温計をお願いするわ』

「風邪ひく気満々だな？」

『備えあれば憂いなし、よ。それじゃ六時に待っているから。楽しみにしておいて』

「分かった。遅れないように行くわ」

　最後にそう言って電話を切る。なんだろう？　現金なモンで、『美少女の手料理』が待っていると思うと、少しだけ楽しみになってきた。遅れないように準備をしようと俺はタンスに手を掛けて。

「……あれ？　待てよ？」

……よく考えたら、米炊くのは炊飯器だよな？

「……料理の腕、関係なくね？」

確かに知識はついてるのだろうが、知識があれば上手くできるわけでもないのが料理ってモンだ。

「…………大丈夫かよ、おい」

よぎる一抹の不安。あまりに気軽に返答した自分の迂闊さを呪いながら、俺は肩を落としてタンスの引き出しを開けた。

……明日生きてるかな～、俺。

◇◆◇

「さて……行くか」

バックパック一つと親父からもらったスーツケースに制服一式を詰めて、俺は自宅を出る。

十七年暮らした家とおさらばと思えば、ある程度感傷的な気分に浸れるのだろうか、と思っていたが……さにあらず。

「ま、出ていくっていっても近いしな」

帰ろうと思えば電車で二十分の距離だ。ぶっちゃけ、感傷的になんてなりようもない。いつでも帰れるしな。そう思ってか、親父も母さんも見送りにすら来ない。そう思い、俺は家の玄関を開けて。

「……いや、なんでいるの？」

家の前に立つ涼子と智美の姿が目に入った。いや、マジで。なんでいんの？

「……なんでいるのは失礼じゃない、ヒロユキ？　お見送りに来たに決まってるじゃん」

自転車で来たんだろう、愛車にお尻を乗せて不満そうな表情を浮かべる智美と、それを苦笑で見つめる涼子。

「……寂しいんだよ、智美ちゃんは。だから浩之ちゃん？　そんなこと言っちゃ『メ』だよ？」

苦笑のままでそう言う涼子。そんな涼子の言葉を受け、智美は慌てた様に両手をわちゃわちゃと振ってみせた。

「な、何言ってるのよ、涼子!!　さ、寂しいとか別にないし！　た、ただ私は、保育園の頃から一緒で、小学校も中学校も高校も一緒に通ってたヒロユキと一緒に通わなくなるんだな～って思っただけで、べ、別に寂しいとかじゃないし!!」

顔を真っ赤にしてそう言う智美。そんな智美に、涼子は苦笑の色を強くする。

「それを『寂しい』っていうんだと思うんだけど、智美ちゃん？」

「……あう」

顔を真っ赤にして俯く智美。そんな智美に肩を竦めてみせ、涼子はこちらに視線を向けた。

「まあ、別にどっか遠くに行くわけじゃないんだよね？　新津でしょ？　電車で二駅じゃん」

「そうだよな？　別に海外に行くわけでもねーんだし」

いや……まあ、有り難いんだよ？　『ヒロユキ、明日から別々で行くの？　ふーん、分かった！』って言われるよりはなんぼか有り難いんだが……

「……何よ？　涼子もヒロユキも寂しくないっていうの？」

そんな俺らに恨めしそうな視線を向けてくる智美。

「いや、寂しくないわけじゃないんだが……」

「そうだよ。私だって寂しいけど……まあ、今更言っても仕方ないじゃない？　なら、笑って送り出してあげる方が良いってだけ」

「……ふんだ。涼子もヒロユキも冷たいんだから」

「冷たいわけじゃないけど……あ、そうだ。冷たいといえば、はい、これ」

そう言って涼子は持っていた鞄からゴソゴソと何かを取り出す。

「……なにこれ？」

「これから新居ってことは晩ご飯、まだなんでしょう？　一応、唐揚げ作っておいたから。レンジでチンはいるけど、そこそこ美味しく出来たつもり」

「……おお。ありが――」

「――それと、これは乾燥ワカメと乾燥豆腐、それとペットボトルタイプのお味噌。お味噌は出汁入りだから、ちゃんと朝はお味噌汁飲むんだよ？　後は……本当はあんまり渡したくないけど、カップラーメンとレンジでチンするご飯。ちょこちょこっと冷凍食品も入っているから、家に着いたらすぐに冷凍庫に入れてね？　レンジでチンするご飯も入れてあるんだから、ちゃんと三食食べるんだよ？　本当はお野菜とかも用意しようと思ったけど……浩之ちゃん、お野菜好きじゃないし腐らせるかも知れないから……でも！　ちゃんと自分で料理して食べるんだよ？　どうしても面倒くさかったら、今はスーパーでカット野菜とかも売っているから！　ドレッシング掛けたら直ぐに食べられるからね」

「――お前は俺のおかんか何かか」

いや、マジで。有り難いんだよ？　有り難いんだけどさ！　別にスーパーのカット野菜の情報は今はいらねーよ！

「……ふふ。何よ？　涼子だって心配だったんじゃない」

「……そりゃ、心配は心配だよ。だって浩之ちゃんだよ？　昔はともかく……生活力、皆無じゃない。桐生さんだって……分からないけど、お嬢様なんでしょ？　それならお料理だって得意じゃないかも知れないし。そうなると、浩之ちゃんの性格上、絶対堕落するもん」

「……涼子、正解」

桐生が料理が得意じゃないのも、俺が気を抜いたらあっという間に堕落するのもな。

「そういう意味じゃカップラーメンとかも渡したくないけど……まあ、食べないよりはマシかな？　って」

「……さんきゅ」

心配そうな涼子に頭を下げ、俺は貰った鞄を掲げてみせる。

「鞄、また今度返すな？」

「雑誌の付録のだから別にどっちでもいいけど……でも、そうだね？　ちゃんと帰ってくるんだよ？」

「だから、お前は俺のおかんか何かかよ？」

「……」

涼子の言葉に苦笑を浮かべ、『それじゃ行ってくる』と二人に声を掛けて歩く。

街中をゴロゴロとスーツケースを転がしながら歩く。日曜日の夕方、なんだかそこはかとなくいい匂いがする街中で、俺は今日の夕ご飯を……桐生の手料理に想いを馳せる。いい意味じゃなく、悪い意味で。

「……マジで大丈夫かよ」

そう言えばアイツ、最後に『胃薬も持ってこい』って言ってたよな？　大丈夫か、マジで。

「と、風邪薬と冷却ジェルシート……と、体温計か」

見かけたドラッグストアで頼まれた買い物を思い出し、そのまま入店。目当てのモノを買うとそのまま駅まで行って電車に乗る。やがて二駅ほどでマンションのある新津に着いた。ここいらは閑静な住宅街だし、日曜の夕方に出歩く人は比較的少ないのか駅前はどちらかといえば閑散としていた。

「ま、遊ぶところもないしな」

これから学校に行くにも電車通学か。ま、ちょっと憧れるところもあったので良いっちゃ良いんだが……朝、起きれるだろうか？

「……さて」

ようやく着いたマンションのエントランスを潜りエレベーターホールへ。流石にでかさにも慣れたエレベーターに乗って三十二階を目指す。

「……」

ドアの前に立って少し悩んだ。鍵は貰ってるし、普通に開けても良いんだが……なんとなく、照れ臭い感じがしてインターホンを鳴らす。

『……はい？』

「あー……俺。東九条」

『鍵を忘れたの？　なんでインターホンを鳴らすのよ？』

「あー……ちょっとな」

恥ずかしくて言えんだろ、『なんだか照れ臭い』って。

『ああ、荷物？　ちょっと待って？　すぐ行くわ』

「ん？　あ、ああ、まあそんな感じ」

さして持っていないんだけどね、荷物。それでも開けてくれるなら甘えようかと思って、ドアの前で待つことしばし。ガチャッと音がして、ドアが開いた。

「……」

「……」

料理中だったのだろう、猫のイラストの付いたエプロンを纏った桐生がそこに立っていた。長い髪は料理の邪魔になるのだろう、ポニーテールに結んだその姿は……その、なんだ。ちょっと『ぐっ』とクるものがあった。なんだろう？　こう……若妻感というか、新妻感というか。

「……い、いらっしゃ――じゃ、なかった……そ、その……」

お、おかえりなさい、と。

はにかみながら、囁くようにそう言う桐生に、一瞬でフリーズする。

「……」

「え、ええっと……東九条君？」

「……？　……っ!?　あ、ああ。すまん。その……た、ただいま……」

「……」

「……」

「……その……照れ臭い、わね」

「……本当に」

なんとなく、苦笑。それで少しだけ緊張が取れたのか、桐生が綺麗な笑顔を浮かべてみせた。

それで、俺の緊張も取れて。

「さあ、上がって頂戴？　丁度ご飯が出来たところだったの。タイミング、バッチリね！」

——別の意味で緊張してきた。本当に大丈夫か、俺？

「……どうしたの？」

「ああ、いや……その、な？　えっと……そ、そうだ！　さっきさ？　涼子から『晩ご飯のおかずに』って唐揚げ貰ったんだよな！　それにしないか、今日の晩ご飯!!」

冷静に考えれば問題の先送りに過ぎんのだが……で、でもな!?　流石に引っ越し初日に食中毒は嫌じゃね!?　そう思う俺に、桐生はじとーっとした目を向けてくる。

「……まさか貴方、ここにきて私の料理が不安になったとか言うんじゃないでしょうね？」

「……」

無言は肯定。そんな俺の姿に、わざとらしく盛大にため息を吐いてみせる桐生。

「はあ。貴方ね？　言ったでしょ？　ちゃんと味見もしたし、お父様の太鼓判も貰ったって。賀茂さんの料理は興味があるけど……明日にしておきましょう」

「……ちなみに聞くけど、お前の親父さんってお前に甘い？」

「そうね……結構、甘い方だとは思うわ。一人娘だし、異性の子供は可愛いっていうでしょ？　その範疇からは——」

そこまで喋り、何かに気付いたかの様に半眼で俺を睨む桐生。

「……ああ。お父様が美味しいって言っても信用がないって話ね？」

「……端的に言うと、まあ」

「まあ、その懸念は確かに分からないでもないわ。でもね？　お父様は私のことが可愛くても『そういう嘘』は一切言わないの。努力は認めてくれるけど、その努力の量で結果を左右することはしないいわ」

「例えば？」

「テスト勉強を頑張れば、その『頑張った』ことに対しては褒めてくれるけど、結果に関しては悪ければ普通に怒られるわよ？　プロセスとリザルトはまた別のモノだってね」

「……へー。良い親父さんじゃん」

「基本的には甘いけど、結構厳しいことも言う人よ。少なくとも、『マズイ』料理を美味しいなんて嘘を吐かない人だから」

そう言って胸を張る桐生。いや、考え方はしっかりしてそうな人だとは思うんだよ？　経営者として成功もしているし、そのあたりのバランス感覚は優れてる気がするんだけど……

「……信用ないわね。分かった。それじゃ、私が最初に作った料理の評価を教えてあげる」

「親父さんの？　拝聴しよう」

「肉じゃが、作ったのよね。一昨日かしら？　それをお父様に食べてもらったのよ。ほら、言うでしょ？　『男を落とす料理』って」

「……まあ、言うな」

「だから作ったのよ。簡単って聞いてたしね？　その肉じゃがの評価が――」

……溜めるなよ。怖いだろうが。

「――『肉じゃがは別に、男を地獄に落とす料理ではないぞ？』だったわ」

「……」

「まあ、最初の料理だったし、失敗は想定内よ」

「そうだろうけど……味見は？」

「してなかった。後でお父様に凄く怒られたわ。『せめて人に出す前に自分で味見ぐらいはしなさい！』って。その後に食べてみたけど……凄かったわね」

「……具体的には？」

「食材に対する冒瀆としか思えなかったわ」

「……」

「決して食べられないわけではないのよ？　でも、じゃがいもも人参もきちんと火が通ってなかったしお肉はパサパサしてたし……ともかく、俗にいう『マズイ』がまるでハーモニーを奏でるようだったわ」

「地獄のハーモニーじゃねえか、ソレ」

「まったくね。大失敗だったわ」

少しだけ肩を落とす桐生。が、それも一瞬、自信満々に顔を上げる。

「でも！　今日の料理はお父様が『美味い！　これは金がとれる！』って言った料理よ！　だから、大丈夫！」

「……ええ～」

絶対嘘だろ、ソレ。食材に対する冒瀆としか思えない料理作ったヤツが、三日やそこらで美味いものが作れるようになるとは思えんのだが。

「だ、大丈夫よ！　さあ！　行きましょう！」

そう言って玄関で立ち尽くす俺を引っ張る桐生。ちょ、まて！　く、靴！

「ちょっと待て！　靴！　靴脱ぐから！」

「早くしなさい！　行くわよ！」

その一瞬すら惜しいのか、靴を脱いだ俺の腕を引く。だから！　ちょっと待てって！

「さあ、東九条君！　見なさい！」

バーンとリビングのドアを開ける。と、香ばしい肉の焼ける匂いと、ニンニクの香りが部屋中に充満していた。そして、テーブルの真ん中に鎮座しているのは。

「…………ステーキ？」

「……そうよ！　今日は同棲記念日ということでステーキにしてみたの！」

「……」

「……」

「……これが、お前の親父さんが『金がとれる』って言った料理？」

「……そうよ」

「……ちなみにお肉は？」

「……神戸牛のA5ランク」

「……」

「……」

「……あ、アレか！　ソースがオリジナルとか？」

「……有名店のお取り寄せステーキソースよ」

……そりゃ、金取れるだろう。Ａ５ランクの肉に有名店のソースだろ？

「……付け合わせの野菜とかは別皿？　あれ、皿の上に肉しかのってない様に見えるんだけど？」

「……ウサギや青虫じゃあるまいし、別に毎日野菜を食べなくても良いでしょ？」

「……」

「……」

「……ええっと……桐生は……焼いただけ？」

「な、なによ！　ステーキは料理じゃないとでも言うつもり⁉　立派な料理でしょうが！」

「い、いや、そんなことを言うつもりはない！　良いお肉なんだろ？　嬉しいって！　作ってもらって感謝しかない！」

いや、マジで。作ってもらって文句を言うつもりはないんだよ？　ないんだけど、こう、なんか……えええ～……

「……私だってもうちょっと『料理！』っぽい料理、したかったわよ。でも、仕方ないでしょ！　時間、なかったんだもん！　主に私の訓練の！」

「……そうだな。ごめん、今のは俺が悪い。文句を言うつもりはないんだ」

俺、平謝り。そんな俺に怒りがさめたのか、少しだけ気まずそうに桐生が顔を逸らした。

「……分かるわよ。自信満々に『手料理振る舞ってあげる！』って言っておいて、お肉焼いただけかよ！　って思ったんでしょ？」

「……そこまでは思わんが」

なんだろう？　謎の『がっかり感』はある。いや、本当に不満とかじゃなくて。

「……ふんだ！　その内、ほっぺたが落ちる様な料理、食べさせてあげるわよ！」

「……バイオテロ的な意味で？」

「顔が崩れ落ちるって意味じゃないわよ！　美味しいの比喩表現！」

「冗談だよ」

尚も拗ねた様に頬を膨らませる桐生に頭を下げ、俺は食卓につく。

「さ、早く食わせてくれ！　腹減った！」

「もう……ふふふ。それじゃ冷めないうちに食べて？　ご飯は」

「大盛！」

「はいはい……ふふふ。なんか、良いわね。自分の作ったものを食べてもらえるのも」

そう言って嬉しそうにご飯をよそって、俺の目の前に置く桐生。おお！　キラキラ輝いている。

「……美味そうだな」

「お米炊くのだけは凄く上手くなったのよね。良いことなんだけど……どうせなら、別の方面に伸びてほしかったわ」

「これからに期待、だな。それじゃ――」

「待って」

食べ始めようとする俺を制し、桐生は冷蔵庫を開けると、中からシャンパンを取り出し、食器棚からシャンパングラスを二つ取り出した。

「開けられる？」

「開けられるけど……未成年だぞ？」

「ノンアルコールよ。同棲記念日ですもの。折角なら、雰囲気ぐらいはと思って」

「乙女だな、意外に」

「あら？　悪役とはいえ『令嬢』ですもの。乙女に決まってるじゃない」

「嫌いなんだろ、そのあだ名」

「まあね」

そう言っておかしそうに笑う桐生。毒気を抜かれる様な、全く『悪役』に相応しくないその笑顔に肩を竦めてみせる。

「タオルかなんかある？」

「はい」

「それじゃ……」

力を入れてコルクを抜く。ポン、っという小気味よい音と共に、コルクがタオルの中で跳ねた。

「……では」

「ありがと……今度は私が」

トクトクとお互いにシャンパンを注ぎあう。それが終了するとシャンパングラスを胸の前に掲げてみせる桐生に倣う。

「……乾杯」

「……乾杯」

チン、と軽い音を立てるシャンパングラス。それを一息で飲み干して、俺は小さく息を漏らす。

「その……」

「……ん」

「最初はごめんなさい。色々失礼だったわね」

「気にしちゃねーよ。お互い様だしな」

「そうね。確かにそうかも」

そう言って、少しだけ笑い。

「……私ね？　貴方と上手くやっていきたいと思ってたのよ、最初は」

「……過去形か？」

「そう、過去形。私は貴方と上手くやっていく……のは上手くやっていくんだけど。それ以上に」

　――貴方と、『楽しく』やっていきたい、と。

「……」

「……お昼ご飯を友達と食べたの、初めてだったの。映画に行ったのも、カフェでお茶したのも、図書館で本を勧めあったのも……全部、全部初めてだった」

「……俺の功績じゃなくね？」

「でも、貴方と出逢わなかったらきっと、味わえていない感覚だったわ」

　この料理だってそうだし、と笑って。

「きっと、貴方となら楽しくやっていけると、そう思うの」

「根拠は？」

「女のカン」

「……最強だな、その理論」

「でしょ？　最強なのよ、女のカンは。でも……それでも、これから色々大変だと思うし……きっと、ままならないこととか、不満に思うこともあると思う」

「だろうな」

　恋人同士の同棲だって失敗するんだ。それが、殆ど赤の他人の俺と桐生じゃ、不満が出てこない方がおかしい。そんな俺の言葉に、桐生は小さく頷いて。

「——それでも……私は貴方と前向きに『楽しく』生きていきたいと、そう思うの。恋人同士みたいにはなれなくても……お金とか、体だけの関係って貴方は言ったけど……それだけじゃ、長い人生を生きるのに、あまりに寂しすぎるから。上手くやるだけじゃなく……どうせなら、『楽しく』」

「……そうだな。俺も賛成だ」

「良かった。そう貴方も思ってくれて。それじゃ改めて……」

これからよろしくね？　許嫁さん、と。

「……ああ。お互いにな」

少しだけ照れた様に、それでも綺麗な笑みを浮かべる桐生に思わず心臓がトクン、と跳ねる。

「……さ！　食べて！　折角の料理が冷めちゃうから！」

「……ああ。いただきます」

まるで、そんな俺を見透かした——ああ、違うな。ありゃ桐生も照れてんだろ。耳まで真っ赤だし。

「……って、うま！　なんだこれ!?　柔らけー！　箸で切れるんじゃね!?」

「で、でしょ！　自信料理だもん！　ほら、どんどん食べて！　美味しいでしょ！」

「おお。マジで美味い！」

照れ隠しの様に大袈裟な物言いで……それでも笑顔を浮かべる桐生に。

——でもこれ、素材の勝利じゃね？

そんなことを思いながら……それでも素材の味だけではなく、この料理を忘れることは絶対ないだろうなと思いなおし、俺は『許嫁の初料理』に舌鼓を打った。

第五章　二人の距離は徐々に、でも、確かに。

　ちょっとだけ桐生との仲が深まった気がする夕食を終えた翌朝、俺は与えられた自室で目を覚ます。

「……」

　知らない天井だ、的なネタをするべきかどうか一瞬悩む。まあ、そんなしょうもないことをしても仕方ないかと思い、俺はベッドから体を起こした。

「……おはよ」

「あら？　早いわね？　まだ六時よ？」

「……それはお前もじゃね？」

　リビングに向かうとそこでは既に部屋着に着替えてソファに座り、優雅にコーヒーなんぞをすする桐生の姿があった。テレビ画面に映し出されているのは。

「……なにそれ？」

「毎朝やってる経済番組よ。株価とか為替の情報発信を行ってるの」

「……毎朝見てんの、もしかして？」

「毎朝、というわけではないわ。今日はたまたまよ」

「そうなの？」

「……私だって緊張してるのよ？」

頬を染め、拗ねたようにこちらを見上げる桐生。なんだか少しだけ子供っぽくて可愛らしく
――ええ、ええ。俺もちょっと照れたよ。

「見ず知らずとは言わないけど現状で私と貴方は『他人』でしょう？　他人と一つ屋根の下で寝ることなんて修学旅行以来だわ。それも許嫁よ？　緊張するなという方が無理じゃない？」

「……まあな」

「……本当に分かってるの？　貴方、ぐーすか寝てたじゃない」

「……なんで知ってるの？」

「夜中にトイレに行ったときに物音ひとつしなかったから。なんか私だけ緊張してるの馬鹿らしくなってきて、それからは直ぐ眠れたわ。眠りが浅くて、こんな時間に目が覚めたけど」

そう言って呆れた様に肩を竦める桐生。ごめん、桐生。俺、枕代わっても問題なく眠れるタイプなんだ。

「……すまん」

「別に謝ってもらうことじゃないわ。朝も早いし、ゆっくりできるわね。コーヒーでも飲む？」

「ありがとう。いただく」

「朝ご飯はパンで良い？　いるなら私の分のついでに焼くけど……」

「……いいのか？」

「……あのね？　流石に私もパンぐらいは焼けるわよ？」

「ああ、そういう意味じゃなくて……」

昨日は晩ご飯まで用意してもらったし。つうか、昨日から俺、この家で家事的なものを何ひとつやってないんだが……そんな俺の申し訳なさそうな顔を見て理解したのか、桐生が小さくため息を吐いた。

「……はあ。そんなに肩肘張らずにいきましょうよ。これぐらい、別に大したことじゃないわよ」

「そうかも知れんが……」

「細かいルール……食事とか掃除とかの当番はおいおい決めていきましょう。でも、それに縛られることなく、出来る方がやればいいんじゃないかしら？　お互いに色々あるでしょうし……きっと、暇なのは私の方でしょうしね」

「そうなの？」

「だって私、友達いないもの。放課後の用事は何もないわよ？」

「……悲しくなってくるからやめてくれない？」

「貴方が悲しむ必要はないわよ。コレは私の話だし」

「いや……」

まあ、そうなんだけど。そうなんだけどさー。

「……昨日、『楽しく』やっていこうって言ったろ？」

「……ちょっと恥ずかしいんだけど……ええ」

「なら……なんだろ？　上手くは言えないんだけど、やっぱりお前にも『楽しんで』もらいたいんだよ。いや、別に友達がいないのがダメってワケじゃないんだけど……」

「……」

「……涼子とか智美と一緒に飯食ったり、映画に行ったりしたの、楽しくなかったか？」

「……いいえ。楽しかったわよ」

「じゃあ……なんていうか……こう、俺だけ放課後楽しむんじゃなくてな？　こう……その、なんだろう？」

「……大丈夫。言わんとしていることは分かったから」

「そうか？」

すまんな、上手く言語化出来んで。

「……前も言ったかも知れないけど、私は別に友達がどうしても必要だとは思ってないわ。でも、こんな私でも友達になってくれる人がいれば、嬉しいと思うわ」

「『こんな』とか言うなよ」

「卑下しているつもりはないわ。でも私、口が悪いもの。私だったら私と友達になりたいと思わないわ」

「……直すつもりは？」

「ないわね。これも前に言ったかしら？　私にとっての『盾』なのよ」

「……何と戦ってんだよ、お前は？」

「世間、かしらね？」

「世間？」

「空気と言い換えても良いかも知れないわね。狭い学校の中で、突出した存在は目立つのよ」

「出る杭は打たれるって話？」

「まあ、そうね。でも、私は私の努力で出る杭になったの。なら、そんな出る杭を打とうとする『世間』に負けてなんかやらない」

「……」

「こういう生き方はお嫌いかしら？」

「いや……そんなことはない」

そんなことはないが。

「……生きづらい生き方だな、とは思う」

「そうね。本来、周りに迎合することも必要なんでしょうけど」

「ちなみにパーティーとかでは猫被ってんの？」

「TPOってあるでしょ？」

「納得」

「矛盾してると思う？」

「全然。当たり前だと思う」

お前が全力で学校のままだったとしたら、むしろ正気を疑うまである。

「まあ、そういうこと。十七年生きてきたんですもの。今更、この生き方は変えようがないわ」

そう言ってコーヒーを淹れるわね、と立ち上がって。

「でも……貴方がそう言ってくれたのは、嬉しかったわ。ありがとう」

「……どういたしまして」

「……ふふふ」

照れたように微笑む桐生に、俺はガシガシと頭を掻く。ああ、なんだ？　すげー恥ずかしいんだけど。朝から何やってんの、俺？

「……にしても、緊張して眠れなかったなんて……可愛いとこ、あるんだな？」

照れ隠しを含めた俺の言葉に、桐生が頬を膨らませてこちらを睨む。

「緊張するに決まってるでしょ？　貴方はそうでもなかったんでしょうけど」

「あー……まあな」

別段、緊張とかはしなかったが。これ、やっぱり男女の違いなんだろうか？

「……別に襲ったりしねーぞ？」

「……朝から何言ってんのよ？」

「……だな」

「まあ、『襲うつもりはない』と言われるのも、女性としての魅力を否定されたみたいで若干腹立たしいけど」

「……襲えと？」

「それはイヤ。でも、どうしても我慢出来なくなったら応相談ということで」

「……朝から何言ってんの？」

「忘れてるの？　私の目的は『東九条の名』なの。なら……いつかはそういうことに行きつくのは摂理でしょ？」

「そうだけど……」

「別に高校生で母親になりたいというわけでもないから、我慢してくれるならその方が助かるけど。まあ、どちらにせよ朝からする話じゃないわね」

はい、と手渡されたコーヒーを口に含む。ホントに、朝からする話じゃねーな。しかも、色気も何も――

「ちなみに、私の部屋の鍵は常時開いてるから。もし、『むらっ』ときそうなら早めに相談してね？」

「ぶふぅ！」

「ちょ、汚いわね！　何してんのよ！」

「す、すま――じゃなくて！　お前、何言ってんの!?　誘ってんのかよ!!」

襲えと？　俺に襲えというのか、お前は!!

「違うわよ。私、朝がとても弱いの。今日みたいに緊張して眠れなかったらともかく、普段は一度寝たら目覚ましの音程度じゃ起きないの。寝起きも悪いし」

「……」

「家では家政婦さんとか誰かが起こしてくれてたけど、ここでは一人で起きなくちゃいけないでしょ？　でもきっと難しそうだし……起こしてくれたら助かるわ」

「……」

「ね？　お願い出来る？」

「……」

「……東九条君？」

「いや……その、な？　俺も健康な男子高校生なワケで、お前は見目も麗しい女子高生なワケじゃん？」

「そうね」

「……それはちょっと……間違い起こったら困るし」

「そのあたりは信用してるわ」

「信用って」

「貴方、気遣い出来る人だと思うもん。私が嫌がることはしないと信じてるわよ」

……なんだろう。信用が重いんだが。いや、するつもりはないよ？　ないけどさ？　男子高校生の理性なんて紙みたいなモンだぞ？

「……ちなみに、常時緊張して夜を迎えるというのは？」

「物理的に死ぬわよ、私」

「……だよな」

……はぁ。

「……どうしても遅刻しそうな時は起こす。起こすが、マジで頑張ってくれ。主に俺の理性と、社会的立場の為に」

なんとも情けない俺の言葉に。

「ありがとう！　頑張るけど……頼りにしてるわね？」

そう言って桐生はにっこりと微笑んだ。なにコイツ？　小悪魔かなんかなの？

……辛抱利くかな、俺？

「おはよー、ヒロユキ。おろ？　なんか疲れてない？」

教室に着くなり俺の机に腰掛けながらそんなことを宣う智美。その姿をジト目で見つめ、俺は小さくため息を吐いた。

「……ちょっと精神的にな」

「同棲生活、大変？」

「どうなんだろ？　これからじゃねーか？」

大変かどうか分かるの。とりあえず、朝は色んな意味で大変だったが。

「ま、そういうことならいつでも相談おいでよ。話聞くぐらいしか出来ないけどね～」

そんな話をしていると担任が教室に入ってくる。数学の教科担当だが、一時間目が数学だということでそのまま授業に突入した。

「よし。それじゃ、今日はこないだやった小テスト返すぞ～。名前呼ばれたものから取りに来い。相賀(あいが)～」

順々に呼ばれて行くクラスメイト。やがて、俺の順番がやってきた。

「東九条～」

「はーい」

先生の前に行き、小テストを受け取る。正直自信のないテストだったが、結果は……

「東九条？　お前、最近手を抜き過ぎじゃないか？　高校二年は受験に向けての大切な時期だぞ？　放課後、補習だ」

「……はーい」

受け取ったテストを持って肩を落としながら自席へ。と、途中の席に座った藤田(ふじた)が声を掛けてくる。

「へへへ。その顔じゃ、テストの点悪かったみたいだな」

「……まあな。残念ながら随分(ずいぶん)とお安い点数だったよ。補習決定だ」

「あらら。そりゃ、ご愁傷様(しゅうしょうさま)～」

「……なんだ？　嬉しそうだな、お前？」

「まあ、お前は可愛い子侍らせてるんだし、たまにはそういうこともないとね。人生何事もバランスだよ、バランス〜」

「次、藤田〜」

「はーい」

俺の肩をポンと叩き、スキップしながら先生のもとに向かう藤田。

「藤田!!　なんだ、この点数は！　お前も補習だ！」

「え、えぇぇー！」

……アイツ、そもそも俺より馬鹿なのに、なんであんな自信満々だったんだろ？　絶対アイツも補習に決まってるじゃん。

「……あら？」

「あれ？　桐生？」

数学という地獄の学問を終えて駅に着いた俺は、ここ数日ですっかり見慣れた姿になりつつある桐生の姿を見つけて声を掛ける。

「遅かったわね？　何してたの？」

「ちょっと数学の補習でな。学校に残ってたんだよ。そういうお前は？」

「そうなの。それはお疲れ様でした。私は図書館に行ってたの。面白い本、あるかなって」

「……土曜日十冊借りてなかった？」

「五冊は読んだから、五冊返してまた五冊借りたのよ」

そう言って、手に持った手提げ袋を振ってみせる桐生。その手提げ袋に手を伸ばすと、抱きしめる様に手提げ袋が目の前から消える。なんだよ？

「……なに？　取るの？」

「取らねーよ。貸せよ。重いだろ？」

「え……？　だ、大丈夫よ！　その、申し訳ないし！」

「二十冊持たせたヤツのセリフじゃねーよ、それ。いいから、ホレ」

桐生の手から手提げ袋を奪いとる。『あっ』と小さく声を上げた後、申し訳なさそうな、それでも少しだけ嬉しそうな顔を桐生は浮かべた。

「……ありがと。実はちょっと重かったの」

「本って意外に重量あるもんな。でも、良く借りるよな？　どんだけ本が好きなんだよ」

「趣味だからね。あそこ、揃えてる本のラインナップは素晴らしいんだけど、冊数制限十冊まででしょ？　読みたい本が沢山(たくさん)あるから、もう少したくさん借りられたらいいんだけど……」

「十冊も借りられたら十分じゃね？」

図書館なんぞ小学校以来利用したことがないが……あれじゃね？　確か、レンタル期間とかなかったっけ？

「レンタル期間って……まあ、貸し出しの期間は二週間と決まってるわね。でも、十冊よ？　一週間あれば読み切ってしまうわ」

「……俺は二週間あっても一冊読み終えるかどうかだな」

「ほら私、友達いないでしょ？」

「……あんまり言うなよ、そういうこと」

なんだろう？　なんだか悲しくなってくるんだけど……

「まあ、だから放課後は暇なのよ。そんなことより、二週間で一冊読み終わらないって……高校生としてそれはどうなの？　入学から貴方、本読んだ？」

「読んでねーな。教科書に載ってる話ぐらいだ」

「……はぁ。呆れた。別に強制するわけじゃないけど、もう少し読書に親しんだらどう？　面白いわよ、読んでいると」

「その内な」

機会があれば、絶対。うん、たぶん。読むんじゃ……ないかな？

「まあ、俺のことはどうでもいいだろ？　十冊しか借りられないなら、諦めてその冊数で我慢しろよ。早く返せばそれだけ早く読めるってことだろ？」

「そうなんだけど……ほら、あそこってそこそこ遠いでしょ？」

「まあな」

桐生の言ってる図書館は、俺らの暮らすマンションから電車で二駅のところにある。学校からだと四駅だ。遠いと言えばまあ遠い。

「なんだかんだで学校からだったら一時間弱掛かるでしょ？　その時間も勿体ないし……それに、電車賃だって掛かるし」

「本当にお嬢様っぽくないセリフだよな、それ」

「ケチな方が良いでしょ？　奥さんがしっかり財布を握っている家は栄えるわよ？」

「そういうもんか？」

ま、財布どころかなんもかんも握られそうだけどな、桐生と結婚すると。

「何かいい方法、ないか――」

そこまで喋り、桐生ははたと気付いた様子で歩みを止め、おずおずと右手をあげる。どうした？

「……はい」

「はい、桐生さん」

「その……東九条君？　貴方にちょっとお願いがあるんだけど……」

「お願い？」

「東九条君、そんなに本は読まない方でしょ？」

「そうだな」

「それじゃ……その、図書カードを作ってね……その……」

ピンときた。

「ああ、それを貸してくれってことか？　別に良いぞ？」

図書カードも有効活用されてさぞ嬉しかろう。

「ち、違うの！　あ、いや、違わないんだけど……その、図書カードを作っても、借りるときは本人じゃないとダメだから」

「そうなの？」

でも学生の本人確認なんてどうやってやるんだよ？　免許なんて持ってないぞ、俺。

「まあ、正直そこまで厳密ではないのよ？　でも……流石に私が『東九条浩之』で本を借りようとすると」

「……ああ。高い確率でバレるわな」

「……そうなのよ。加えて、私なんて常連みたいなものだから、司書の方にも名前と容姿を覚えられてるのよ」

「お前、目立つ容姿してるしな。そりゃ、覚えられるか」

「そうね。見た目で得したことなんてないのに、損ばっかりが多いのよ」

「見た目で得したことないの？」

美人だったらありそうだけど？

「『お嬢ちゃん、可愛いね！　おまけしておくよ！』とか。買い物で言われね？」

「買い物行かないもん、私」

「……ああ」

「容姿のせいでやっかみを受けることはあっても、得したことって記憶にないのよね」

「男子がチヤホヤしてくれたりとかは？　重い荷物を運んでくれたりとか、掃除当番代わってくれたりとか」

「……あると思う？　私に」

「……ないと思う。桐生には」

「女子の睨みが怖いのか、誰も私にチヤホヤなんてしてこないわよ」

……いや、女子の睨みだけじゃないと思います。貴方、悪役令嬢並みの口と態度の悪さですもん。中学は女子中だったからなかったと思ってるのかも知れんが、たぶん共学でもなかったと思うぞ、そういうお姫様的な扱いは。そう思い、桐生の顔に視線をやって……なに？　なんで俺の顔をじっと見てんの？　まさか、失礼なこと考えてるのバレた？

「……だからね？」

「？　おう？」

「……その……今、そうやって当たり前みたいに本、持ってくれてるでしょ？」

「これ？」

そう言って手提げ袋を持ち上げて見せる。上がった袋につられるように視線を上げた桐生の顔には、照れくさそうな微笑みが浮かんでいた。

「その……すごく、嬉しかった。なんか……ちゃんと、女の子扱いしてくれてるみたいで……」

「……いや……そ、そっか。そりゃ……よ、良かった」

「……」

「……」

「と、ともかく！　こ、今回だってそうでしょ？　目立つせいで顔と名前が覚えられるし……良いことないわよ、ホント！」

「そ、そうだな！　悪いこと出来ないな？」

「本当に。可愛いって罪なのね」

「罪って」

「どちらかというと罰かしら。天罰ってところね」

「なにその人生ハードモード。超クソゲーじゃん」

「まあ、そのほかのところで恵まれてるからトントンかしら？　と、話が逸れたわ。その……だからね？　一緒に図書館に行ってもらいたいの。その……だ、ダメ、かしら？」

断れるのを恐れるよう、そう言ってちょこんと俺の服の袖を摘まみながら上目遣い。何それ？　可愛いんですけど。

「……まあ、それぐらいは」

「ホント!?　やった！　凄く嬉しいわ！」

その場でぴょんぴょんと飛び跳ねる桐生の姿に思わず苦笑が漏れる。そんなに嬉しいのかよ。

「……それじゃ、いつ行く？　今週の土曜日とか——」

「明日！　明日の放課後、行きましょう！」

「──って、はや！　明日かよ！」

「なに？　用事でもある？」

「いや、ないけど」

急な補習とかがスケジュールに入らなければ、だけど。最近小テストなかったし、大丈夫だよね？

「それじゃ明日！　やったわ！　今日、泣く泣く諦めた本があったのよ！　嬉しいわ、東九条君！　ありがとう！」

その後、笑顔を一転、『今日、借りられてなければ良いけど』なんて少しだけ不安そうな顔を浮かべながら、何やらブツブツ呟(つぶや)きながら歩く桐生の後ろ姿を見ながら、俺は思う。

……これって、デートじゃね？

「何してるの、東九条君！　早く帰りましょう！」

そんなことを気にした風もなく、キラキラした笑顔を浮かべる桐生に、意識してるの俺だけかな？　なんてちょっぴり気恥ずかしくなって、心持ち俺は歩みを早めた。

「ただいま──」

「待ってたわよ、東九条君！　さあ、行きましょう！」

「――まーって、早えよ！　俺、今帰ったばかりだぞ！」

『図書館デート』当日、桐生は張り切っていた。昨日の今日だけあって熱も冷めやらないのか、今まで見た中で一番キラキラした笑顔を浮かべる桐生に苦笑を浮かべ、俺は着替えをしようと思って玄関で靴を――

「さあ、行くわよ！」

――脱がしてもらえませんでした。

「いや、着替えは!?」

「良いわよ、そのままで！　私だって制服なんだし、問題ないでしょ！　別に変なところに行くわけでもないし」

「いや、確かにこれ以上ないくらい健全な場所だけどさ！　ちょっと落ち着けよ！　図書館は逃げないだろ？」

「図書館は逃げないけど私の目当ての本は借りられるかも知れないじゃない！」

……まあ、確かに。

「分かった。分かったから……今日は何冊借りるつもりだ？」

「十一冊！　昨日、一冊読んだからそれを返すのと東九条君の十冊よ！」

「十一冊ね」

十一冊なら……まあ、この通学用のバッグにも入るか？

「んじゃちょっとみっともないけど中身、出すぞ？」

「中身？」

「十一冊も手で持って帰れるワケねーだろうが」

そう言って俺は通学用のバッグから中身を全て出した。すっかり軽くなったバッグを小脇に抱えると桐生を促す。

「それじゃ、行くか？」

「うん！　いこ？」

桐生に促されるまま、俺は帰ってきたばかりのドアを開けて再び外へ。っていうか、これ、駅集合で良かったんじゃね？　そんなことを思いながら駅まで歩き、電車にのってガタゴト揺られること、二十分。俺たちは図書館最寄りの駅に着いた。

「着いたわね！　さ、行くわよ」

「はいはい」

駅から図書館までは徒歩五分程度。明らかにルンルン気分の桐生に苦笑を浮かべながら、スキップでもするんじゃねーかと思う足取りの桐生の後を追う。

「……いつ来てもでかいよな、ここ」

目当ての図書館は結構な大きさの図書館で、蔵書数も日本一……とはいわないが、そこそこ上位にランクインするらしいし。図書館内には売店や飲食スペースもあるし。きょろきょろと周りを見回していると、若いお姉さんが珍しそうな顔をしてこちらを見てる姿と目が合った。覚えてないけどどっかで逢ったかな？　と思い、会釈をすると向こうも会釈を返してこちらに近づいてきた。

「……ねえ？」

「はい……あ、どうも。昨日ぶりですね」

桐生のお知り合いだったか。

「ええっと……桐生？　どちら様？」

「藤堂香澄さん。この図書館で司書をされてるの」

「うん。君ははじめまして……かな？　藤堂香澄です」

「あ、俺——じゃなくて僕は東九条浩之です。よろしくお願いします」

「うん、よろしくー。彩音ちゃんは昨日ぶりね。それで？　今日は——」

そこまで喋り、藤堂さんは何かに気付いたかの様に、にこーっと笑顔を浮かべて。

「分かった！　図書館デートね！　しかも制服デートか～。いいな～」

「なっ！　ち、違います！　と、図書館デートって……そ、そうじゃなくて、わ、私は純粋に本を！」

「はいはい～。相変わらず可愛いね～、彩音ちゃんは。それで？　カレシは初めてかな、ここに来るの？」

「いえ、初めてではないんですが……カードは持ってないです。作ろうかなって」

「学生証は？」

「ありますよ」

「それじゃ作れるね。よし！　休憩も終わったし、私が作って上げよう！　さ、行こう！」

『ち、違います！　香澄さん、デートじゃないです！』と必死に主張する桐生を軽くいなし、俺は藤堂さんに背中を押されるままに図書館の中へ歩みを進めた。

……にしても、あんなに頑固に『デートじゃない！』って主張しなくても良くね？　心折れそうなんだけど……

「んで？　彩音ちゃんとはどういう関係？　本当にカレシ？」

「……なんです、この取り調べチックな感じ」

図書館での……窓口っていうのか？　取りあえず記帳が出来るスペースに連れられた俺は、カウンター越しに座る藤堂さんから取り調べを受けていた。

「かつ丼でも出す？」

「むしろ出るんです？」

「残念、図書館は飲食禁止です。なので、コーヒーも出せません」

「んじゃなんで言ったんですか」

「いや、カレシが取り調べって言ったから」

「カレシじゃないですよ」

「んじゃ何者よ？　あのいっつも一人で来る彩音ちゃんが、誰かと、しかも男と来るなんて、カレシ以外じゃ考えられないんだけど？」

「……友達、という線は？」

「ないよ。だってあの子、友達いないでしょ？」

「……知ってるんです？」

「三日と空けずに図書館に来て、貸出制限ギリギリまで本借りて帰る子よ？　そんなの、放課後と休日全部読書に当てなきゃ無理じゃない？」

……確かに。

「毎週土曜日も来てるし……ほら、絶対友達いないよ」

当たってはいるが、結構ひどいことを言われてる桐生。ちなみにそんな桐生さん、今は図書館内で本を探しているところだ。最初は『図書カード作りに付き合います』と言っていた桐生だったが、『良いよ。慣れた仕事だし。彩音ちゃんは本探しておいで。それとも何？　カレシ取られるのイヤ？』と聞かれて早々に退散した。もうちょっと頑張れよ、おい。俺だけ取り調べ受けてるんですけど。

「……にしても制服デートか～。良いな～」

「だから、カレシじゃないです」

「異性と出歩いてる時点でデートだよ」

「まあ……定義でいえば、間違ってはないのかも」

「カレシじゃないにしても、放課後にわざわざ二人で連れ立って図書館に来る程度には親密ってことでしょ？　あれ？　むしろその方が良いんじゃね？　だってお互いに意識しあって、それでも想いの丈は伝えてなくて……いいね！　ご飯三杯、余裕っす！」

「……何言ってるんですか、貴方」

親指をぐっと上げてニカっと笑って見せる藤堂さんに半眼を向けると、少しだけ照れ臭そうに頭を掻く。

「いや～。私だってこの仕事してるぐらいだから本が好きでさ？　恋愛小説とか大好物なんだよね～。特に彩音ちゃんなんて超絶美少女だし、あの子が連れてくるカレシってどんな子なのかな～って妄想してたから」

「妄想って」

「本好きは皆、妄想するもんだよ？」

「しないですよ」

しないよな？　え？　もしかしてするの？

「まあ、『この話の続きはどうなるんだろう？』みたいなことは考えるじゃん？　それの延長線上。彩音ちゃんは有名人だし」

「やっぱり有名人なんです？　桐生って？」

「そりゃね。この図書館の『主』って呼んでる職員もいるもん。正直、大卒三年目の私より蔵書に詳しいんじゃない？　こーんな小さいころから通ってるって聞いてるし」

「桐生の人生でそんな豆粒の様な時代はないと思いますが」

親指と人差し指で空間を作って『こんなに小さい』という藤堂さん。

「ま、それは冗談だけど……ほら、さっきも言ったけど、彩音ちゃんって凄い美少女じゃない？　なのに、図書館にはいつも一人で来てるし、ちょっと有名だったんだよ」

「別につるんでくる場所でもないと思いますが……」

「まあね。でも、あのぐらいの歳で友達と一回も来ないってのはちょっと……なのよね。普通は勉強しに来たりするじゃん。しかもあの子、週三で通ってるのに」

「……まあ」

「だから、ちょっと心配してたんだ。私もだけど、古い職員、皆。もちろん、この仕事を選んでいる以上、皆普通の人より読書家だし、本が好きなのは良いことだと思うけど……本だけが人生の全てじゃないしね。友人関係から学ぶものもあるし、恋愛から学ぶこともある」

「……」

「なんで……ちょっとだけ、保護者的な感覚もあるのよ。ま、そんなわけで彩音ちゃんのこと、よろしくね？」

桐生のことを本気で心配している様なそんな眼差しに、なんだか少しだけ俺は嬉しくなり、小さく『はい』と答える。すると、満足した様に俺の肩をポンポンと叩いてニカっと笑みを浮かべた。

「ちなみに、付き合うようになったら報告よろしく！　甘酸っぱい恋物語、ぜひ私に聞かせて下さい！」

「……絶対イヤです」

……感動を返せ。でも……許嫁です、って言ったらこの人、『ご飯五杯はいける！』って狂喜乱舞するんじゃやね？

図書館で図書カードを作るだけの簡単なお仕事だったはずだが、司書の藤堂さんのウザ絡みのせいで、なんだか必要以上に疲れた感が否めない。『また二人でデートに来てね～』と藤堂さんだけではなく、司書さんの数人に見送られるという羞恥プレイを浴びながら見送られた俺らは帰路を急いだ。

「……ふふふ」

電車に乗る前までは酷く不機嫌そうだった桐生だが、徐々に本二十冊を思い出してきたのか、ニコニコ笑顔を浮かべ、今にもスキップしそうな程に足取りは軽い。

「……楽しそうだな、おい」

「だって、楽しいもの。借りたかった本も借りられたし、今日はいい日だわ！　足取りも軽くなるってものよ！」

「そうかい。俺の足取りは重いけどな」

主に、物理的に。

「ご、ごめん。その……半分、持とうか？」

「別に良いよ。つうかお前、半分ってどうやって持つつもり？」

小さな鞄（かばん）しか持ってねーだろうが。

「こう……両手で抱えて」

「流石（さすが）に見栄えが悪すぎるのでやめてください」

通学鞄は持ち手の部分を肩に掛ければリュックの代用になるし、手自体は痛くはない。肩にずっしりと重みは掛かるが、まあ持てない程じゃないしな。

「……でもこれを二週間に一遍（いっぺん）か……」

「……い、いや？」

「いや……ああ、別に持つのは全然良いんだけど……藤堂さんの『アレ』が」

「……本当にごめんなさい。その……私、そこそこ目立ってたみたいで。小さなころから通ってるし、顔見知りの司書さんも多いの」

「それは今日で十分分かった。にしても、カレシと来たかと」

「……普段は一人だから。珍しかったんでしょう。心配もされてたんだな～と思ったから、東九条君には申し訳ないけど、私は結構嬉しかったわよ」

「俺がカレシ扱いでも？」

「何をいまさら。許嫁でしょ、私たち」

桐生の言葉に肩を竦めてみせる。

「まあな。図書館デートも済ませたし……次は何デートをするかね？」

「良ければこのまま『お散歩デート』と洒落込む？」

「あー……そうだな。地理も分かってた方が良さそうだし、それも良いかもな。スーパーと百均だけじゃ流石に心許ないし」

「本当に色気も何もないわね」

「お散歩デートっていうか、マッピングだもんな、することって」

「……私から提案しておいてなんだけど、荷物は重くない？」

「大した重量じゃねえよ」

「あら？　それじゃ二週間後も大丈夫ね？」

「……手加減して下さると助かります」

「ふふふ。冗談よ」

そう言って楽しそうに笑い、桐生は家までの最短距離――から、一本裏道に入る。

「……道を逸れてみたけど、驚くほど変化がないのね」

「そうだな。繁華街の裏通りといえば荒れたイメージもあるが……こう、なんていうか『普通』だな」

「むしろこっちの方が大きい家多いんじゃない？」

「あー……閑静な住宅街が売りだもんな。むしろ大通り沿いの方が人気ねーんじゃね？」

「流石にそんなことはないと思うけど……って、あら？」

不意に桐生の足が止まる。と、目の前に見えたのは小さな公園だった。

「なんだ？　ブランコにでも乗りたいのか？」

「どれだけ童心に返るのよ、私。そうじゃなくて」

そう言って桐生の指差した方向に視線を向ける。と、そこにはあるのは。

「……バスケットゴール？」

「ええ」

「……ふーん」

「……ちょっと行ってみる？」

「……だな。ちょっと行ってみるか」

桐生の言葉に頷き、俺は公園内へ足を踏み入れる。時刻は五時過ぎだが、既に公園内は閑散としており、人の気配はなかった。

「……へー」

バスケットゴールの近くに寄ってみれば、公園にしては珍しく、下はアスファルトで綺麗に舗装され、スリーポイントラインやフリースローラインが白いペンキで引いてあった。スゲーな。ちゃんとしてるじゃん、結構。

「結構気に入った感じかしら？　その感嘆の声を聞く限り」

「まあな。普通、公園にあるバスケットゴールって土のヤツが多いんだが、こんだけしっかりしたの見るの初めてだな」

「あー……言われてみればそうね。なんでかしら？」

「さあ。でもまあ、良いものは良いじゃん……お？」

とゴールの下の方に転がるオレンジの物体が目に入った。あれって……バスケットボールだよな？

「……やる？」

「人のボールだぞ？」

「ちょっと借りるぐらいで目くじら立てて怒られることはないんじゃないかしら？　もし怒られたら、私も一緒に謝ってあげるわよ。今日のお礼代わりに」

「……んじゃ」

バスケットゴールの横にあるベンチにカバンを置くと、俺はゴール下まで歩きボールに手を伸ばす。ダンダンと二度アスファルトに跳ねさせれば、しっかり空気の入ったボールは良い感じに弾んでくれた。

「……うし」

ドリブルをしながらスリーポイントのラインまで戻り、そのままゴールに向かってドリブルし、そのままレイアップシュート。リングに掠ることなくスポっという音とともにボールが落ちてきてアスファルトに跳ねた。

「……上手いものね」

「レイアップぐらい誰でも出来るだろ？」

「いいえ。私は専門ではないから詳しくは知らないけど……すごく綺麗なシュートフォームだったと思うわ」

「あんがとよ」

「ねえ、アレは出来ないの？　なんだったかしら……ええっと……ああ、そう！　ダンクシュート！」

「イジメか。俺の身長でダンクなんて出来るワケねーだろう」

そう言って苦笑を浮かべると、桐生が少しだけがっかりした様な表情で『ごめんね』と頭を下げる。まあ、見た目にも派手だし、見たい気持ちは分からんでもないが……すまん、物理的に無理だ。

「……じゃあ、こういうのはどうだ？」

「？　こういうの？」

ゴール下で転がるボールを拾い、俺はスリーポイントラインまで戻る。角度は左45度、ゴールを見据えてドリブルを止めると、膝をぐっと沈めてシュートを放つ。

「っ！　凄い！」

こちらもリングに当たることなく、ボールはゴールに吸い込まれる。その光景を目を丸くして見つめて、桐生は興奮した様に声を上げた。

「凄い！　凄く綺麗なシュートね！　東九条君、本当に上手だったんだ！」

「まあ、俺は身長も低いからな。中で勝負してもセンター……一番でかいヤツな？　そんな連中から見たら俺なんか絶好のカモだし、外からの練習ばっかりしてたんだよ」

「そうなんだ……凄い！　凄いね、東九条君！」

……良かったぁあああああ！　入った――――！

嬉しそうにきゃっきゃと跳ねる桐生。俺はその姿を見て頬を緩めて。

「……まあ、運もあるさ」

本当に。現役の時、フリーだったとしてもそんなにポンポン入れてきたわけじゃない。少なくとも十回打って十回成功したことなんてないし……せいぜい六割ぐらいの成功率だったんだが……良かった。しかも、リングに当たらずだから、きっと凄く見えてるんだろう。アレか？　今日頑張ったから、神様からご褒美貰ったのか？

「どうだ？　お前もやってみるか？」

『もう一回してみて！』とか言われてもかなわないと思い、俺は桐生にボールを放る。そのボールをなんなくキャッチすると、桐生は首を傾げてみせた。

「……出来るかしら？」

「……俺、ちょっとびっくりしてる。普通、こういうときって女の子『きゃ』とか言ってボール取れないもんだけど」

「運動神経はそんなに悪くないつもりよ。でも……そうね？　……きゃ！」

「時間差が激し過ぎね？　声が遅れて聞こえるどころの話じゃないぞ？」

「……なによ。可愛いらしい方が良いと思ってサービスしたのに」

そう言って頬を膨らました後、にこやかに笑う桐生。そのまま、持っていた鞄を地面に置き掛けて。

「……あら？　電話？」

鞄の中から『ｐｒｒｒ』と電話の着信音が聞こえてきた。鞄の代わりにボールを地面に置き、電話を取り出して。

「……珍しい。お父様だわ」

……マジで？

いや、ビビる必要ないんだろうけど……

マジで？

「……もしもし、お父様？　ええ、私、彩音よ。私の電話に掛けたんだから私が出るに決まってるじゃない。え？　なに言ってるのよ。うん……うん。今？　東九条君と公園にいるわ……え？　で、デートじゃないわよっ！　じゃあ、なにしてるのかって……ば、バスケット？」

俺に一言断って親父さんからの電話に出た桐生。なんの話をしているのか、いろんな意味で気にならんわけではないが、なるだけ聞かない様に意識を遮断。まあ、桐生、声が大きいから普通に聞こえてくるんだが。

「だから……うん。うん……え？　ええっと……ちょっと待って」

そう言って通話口を押さえて、こちらに視線を向ける桐生。

「その……東九条君？」

「……なに？」

「ちょっと電話替わってくれってお父様が言ってるのだけど……」

……マジで？

「……拒否権ないやつ？」

「……ないわけじゃないけど……ごめん、一緒にいるって言ってしまっているから」

「……拒否権ないやつだ」

居留守じゃないけど、感じ悪いもんな。ここで電話に出ないなんて選択肢選んだら、『コイツ、俺と話したくないってことか！』ってなるもんな～。いや、正直許嫁のお父さんとかマジで話したくないランキングナンバーワンなんだが。

「……貸してくれ」

「……ごめんね？」

可愛らしいピンクのスマホ……桐生のイメージに超似合わないそれを受け取り、俺は耳に押し当てる。

「……お電話替わりました。東九条浩之です」

『……』

「……」

『……』

「……ええっと……は、はじめまして」

『……こうやって話すのは初めてだな。初めまして。桐生彩音の父、桐生豪之介だ』

「……」

『……』

「……あの……以後、よろしくお願いします」

……いや、親父さん？　なんでほぼ無言なの？　俺に何を期待してるの？　っていうか、親父さんから替わってくれって言ってきたんだし、出来ればそちらが話を進めてくれれば助かるんですが……

『……以後、よろしく……か』

「……ええっと……その、あんまりよろしくしたくない感じです？」

明らかに歓迎されてないムード満々の電話に少しだけ怯えを感じ、そう問う。すると、電話口で息を呑む声が聞こえてきた。

『……いや、そうではない。以後よろしくする関係だし、君とは良好な関係を築いていきたいと思ってはいる。ああ、すまんな。まずは君に謝罪をしなければならないな。前途ある若者をこの様なことに巻き込んでしまって本当に申し訳ないと思っている。許してくれ、となど毛頭言うつもりはない』

「……それに関してはお互い様だと思っていますので……ほら、ウチの親父が……ええっと……」

どう呼べばいいんだろう？　親父さん？　お父様？　それともお義父様？

『……今すぐ私を父と呼べと言っても無理だろう。豪之介で構わん』

「……では、お言葉に甘えて。豪之介さんから借金しているのがそもそもの理由ですし」

『それにしても、だ。親のしたことに、子が責任を感じる必要はない』

「……俺……じゃなくて、僕自身、自分の会社の従業員にお世話になっていますし。可愛がってもらった従業員の皆が困るのは少し……と」

『……ふむ』

「……というか……一個だけ、聞いても良いですか？」

『答えられる質問なら』

「なんでウチの親父にお金、貸してくれたんです？」

『困っていたからだ』

「……ボランティアかなんかです？」

『無論、慈善事業のつもりはない。事業の将来性を視て融資した。篤志家ではないからな、私は』

「……事業の将来性、ですか」

いや、ないだろ？　だってあの親父だぞ？　何処にそんな将来性があるんだよ？　ちょっと考えられないんですけど……あれ？　もしかして桐生の親父さんって人を見る目がないの？

『……ふむ。その物言いだと、君の御父上の評価はさほど高くない様に見える』

「いや、良い父親だとは思ってますよ？」

『良い父親は借金のカタに息子を差し出さんと思うが？』

「……それ以外は」

『冗談だ。まあ、君の御父上が家で何も言ってないのなら、私から言うことはない。知りたければ自分で御父上に聞き給え。飄々としておられるが、優秀な方だよ、あの人は』

「……そうっすか」

『まあ、『東九条』との縁が欲しかったのも事実だ。彩音から聞いてないかね？』

「……こんなん言って良いんですかね？」

『構わんよ』

「その……成り上がりって随分馬鹿にされたって」

『事実だ。私自身も成金、金の亡者と随分毛嫌いされてきた。言い方は悪いが、私たちは金があってもそれしかないからな』

「箔付けですか？」

『正直に言えば、『許嫁』までは出来すぎだと思っていた。東九条の血を持つ人間と良好な人間関係を築ければ、表立って馬鹿にされたり、無駄に突っかかってくる馬鹿はいないからな。それだけで十分だと思っていたさ』

「でも、現状許嫁ですよね？　なんでです？」

『私がそれを申し入れ、君の御父上がその条件を呑んだからだ。東九条と良縁を築けるのはべターだが、縁戚を結べるのであればベストだ。経営者として、ベストな判断が転がっているのに選ばない選択肢はない。彩音自身、東九条との縁続きになることに賛成していたしな。障害になるものは何もないさ』

「……僕以外は、ですか？」

『そういうことだ。だから、君には申し訳ないと思っている』

「いえ……それは。僕自身の選択でもありますし」

『……そうか。ならばこれ以上は言うまい。藪をつついて蛇を出す必要もないし、君がそう思っているのであれば、それに乗っからせてもらうとしよう』

「ぜひ、そうして下さい」

このまま進めば、おれと桐生は結婚して、この人は義理の父になるからな。あんまり気を遣われ過ぎるのも肩が凝る。

『そうだな。と、長話になってしまった。本題がまだだ』

「本題？」

え？　まだあるの？

『――手紙を読んでくれたかね？』

――Ｏｈ……

「……読みました」

『どうだった？』

「……その……率直に申し上げて、娘さんをとても大切にされているのであろうことが分かる素晴らしい文章だったかと……」

『そうか。いや、失礼は承知で想いの丈を書いた。無論、君に迷惑を掛けている身でどの口がとも思うが――』

一息。

『……止まらなかったんだ』

「……」

『だって、そうだろう？　彩音は私が手塩に掛けて育てた、大切な一人娘だ。目の中に入れても痛くないぐらい可愛い可愛い、大事な娘だ！　妻は産後に寝込んだから、私がミルクを上げたり、おしめを替えたんだ！　お風呂にも入れたし、夜泣きする度にあやしていたんだぞ！』

「……ご苦労されていたのですね」

『苦労？　苦労なモノか！　可愛い娘のためだ！　そんなもの、苦労のウチに入らん！』

「……」

『まあ、確かに楽ではなかった。手は掛かったさ。だが、娘のための苦労を厭うことなどせん！　私はあの子が笑ってくれるだけで……『パパ、パパ』と語りかけてくれるだけで十分だ！　正直、ずっと手元に置いておきたい！』

「……すみません」

『それを……美しくなったら、横から掻っ攫われるんだぞ？　納得がいくかっ！　勿論、こちらから提案した話であることは重々承知している。だから、私はこの程度で済んでいるが……もし、『娘さんを僕に下さい』なんて言ってくる輩がいたら』

「……いたら？」

『……富士の樹海の自殺者は、公表よりも多いのを知っているか？　発見されないご遺体が沢山あるらしい』

「……」

……怖すぎるんですけど。

『……そんな可愛い娘だ。親の欲目かも知れんが、美しく育ったと思う』

「それは……はい」

『……だから、彼女には幸せになってもらいたい。先ほど、私のことは恨んでくれて構わない、とそう言ったな？』

「……はい」

『その言葉に嘘はない。どう言い繕っても、私が君を金で買ったのは事実だ』

だが、と。

『――どうか、お願いだ。面の皮が厚いことは重々承知している。承知しているが、これだけ言わせてくれ。たとえ桐生豪之介を恨んでも』

――桐生彩音だけは、恨まないでやってくれ、と。

『……頼む。あの子を幸せにしてやってくれ』

「……はい。約束します」

『……すまんな。君には頼み事ばかりで……申し訳ない』

「……いえ」

恨むことなんてないさ。桐生は……思った以上に『良いやつ』だしな。にしても……

『……どうした？』

「いえ、なんでもないです」

桐生の親父（おやじ）さん……結構、良い人だな。なんか、もうちょっと怖いイメージがあったが、予想以上に喋（しゃべ）りやすいし、結構面白い人――

『――だが、許嫁とはいえ君たちは高校生だ。節度のあるお付き合いをしろ。も、もし……か、仮にだぞ？　高校在学中に、わ、私が『お祖父（じい）ちゃん』になるような事態が起こったら……冗談抜きで、私は君を富士の樹海に送り込むぞっ!!』

――訂正（ていせい）。やっぱ怖いわ、この人。

「東九条君、お茶でも飲む？」

図書館で司書に絡まれる、本二十冊を運ぶ重労働、バスケット、そして許嫁パパとの電話と結構なハードワークをこなした俺は、リビングのソファにぐでーっと伸びていた。そんな俺を、苦笑を浮かべ見つめて、桐生がキッチンから声を掛けてくる。

「……コーヒー、ある？」

「今から？　眠れなくなるんじゃない？」

「あー……まあ、そうかもな。でも逆に良いかもな。多少眠れなくても」

「……ふふふ」

俺の言葉に嬉しそうに頬を緩め、桐生は視線を俺の手元——今日の戦利品である一冊の本に落とす。

「面白かったかしら？」

「まあな。徹夜で、とはいわんが、もうちょっと読んでも良いかなとは思う。読みやすいしな、コレ」

「でしょう？　お勧めなのよ、この作家のエッセイ」

桐生の言葉に、俺は手元の本を目の高さまで浮かべてみせる。ページ数は二百ページ弱、俺が思い浮かべる『本』に比べれば随分と薄い。

「これぐらいの分量ならちょうど良いかもな。俺でも読めそうだし」

「しかも、一つ一つの話が十ページぐらいでおさまってるから、起承転結が早い段階で分かって読んでて苦にならないの。読書嫌いの人は最初はエッセイからはじめれば、段々と長い文章に慣れてくるものよ？」

「そうなの？」

「運動と一緒よ。バスケだって結構走るスポーツでしょ？」

「まあな」

「最初は一試合ずっと走れなかったとしても、慣れてくるとどんどん長い時間走っていられるようにならない？」

「なるな。なるほど、それと一緒か」

「そうよ。読書は訓練も大事だから」

そう言われると納得もする。なるほど、俺が読書が出来ないのは慣れてなかったからか！

「まあ、好きな人は最初から好きだけどね。向き不向きもあるわよ、当然」

「……まあな」

「そもそも東九条君、身近に賀茂(かも)さんって読書好きがいながら、ここまで本を読んでこなかったのだもの。向いてないのよ、読書」

「……そんな俺が本を読んでみようと思うとは」

きっかけは桐生の『貴方(あなた)が運んだ本なんだから、貴方も読んでみたら？』の言葉だった。正直、別段読むつもりはなかったのだが……『試しにこの本のエッセイの一話だけ読んでみない？』と言われ、読んでみたら……これが意外に面白いのだ。

「……なんだか狐に抓(つま)まれた気分だ」

「賀茂さんから本を読んでみてと勧められたことは？」

「ある。あるけど……アイツの読んでる本ってなんだか小難しい表現だったり、分厚い本だったりで全く読む気が起きんかったからな」

「ああ……賀茂さんは自分の好きな本を全力で推すタイプなのね」

「お前は？」

「私はその人に合った本を勧めるタイプよ」

「……なんかそれだけ聞くと、涼子よりお前の方がすげー気がするんだが」

「そう？　まあ、私、勧めたことないけど。友達いないし」

「……それ、自虐（じぎゃく）ネタかなんかなの？」

若干（じゃっかん）心にクるものがあるんだが。

「純然たる事実だもん。まあ、どっちが優れているとかの話じゃないわよ。賀茂さんはその瞬間を全力で楽しみたい人。私は息が長く続けば良いと思ってる人ってだけだわ」

「マニアを探すか、間口を広げるかってことか？」

「そういう表現も出来るかも。私としても良策よ？　だって、いずれ結婚しても同じ話題が出来るなら、夫婦生活が豊かになると思わない？」

「まあな」

「よく聞く話だと結婚当初は会話があっても、どんどん会話がなくなり、終（しま）いには夫婦の会話は子供の話だけ、とかも聞くし。そんで、子供が巣立ったら熟年離婚するとか。お互いに共通の趣味が出来れば、その確率も少なくなると思わない？」

「……そうなったらお前に捨てられる未来になるのか……」

「捨てないわよ、私は。そんな不義理はしたくないもん」

「そうか？」

「それに、そこまで熟年になれば私より貴方の方がモテるわよ？」

「そんなことないんじゃね？」

「男性は若い女性が好きなんでしょ？」

「一概には言えんが……女性は？」

「お金持ちが好きよ」

「……そうでもねーんじゃね？」

「お金持ちの後妻は良く聞くじゃない。反対はあんまり聞かないでしょ？　まあ、絶対にないわけじゃないんだろうけど……」

「……まあ」

確率論からしたらそうかもな。まあ、もしかしたら男は若い女性を連れて歩くのを自慢したくて、女性は隠してるだけの気もせんでもないが。基本、男はバカだしな。

「……それでも、別に俺は若い女性に目移りしたりせんぞ？」

「あら？　一生私と寄り添ってくれるの？」

「そりゃ……経緯はどうあれ、結婚するんだし」

「……随分と前向きな、嬉しい発言してくれるじゃない？　何か心境の変化でもあったの？」

「あー……」

……そうだな。

「……まず、お前は思ったより悪い奴じゃなかった」

「どんなイメージだった——待った、言わなくて良いわ」

「悪役令嬢」

「……言わなくて良いって言ったのに。それにしてもテンプレートね？　陰日向(かげひなた)に随分言われてるわよ」

「でも実際は違うよな？　悪いと思えば素直に謝るし、感謝も出来る。感謝と謝罪、この二つがちゃんと出来る人間に悪い奴はそうそういねーよ」

「自分が悪いことをしたら謝るのは当然でしょ？　嬉しかったら感謝するのも」

「でも俺、お前が謝ってるのも感謝してるのも見たことねーぞ」

俺以外……じゃなかった。涼子と智美にも頭下げてたな。

「謝るほどの付き合いも感謝するほどの付き合いもないもの。絡まれたら戦うけど」

「なに？　どっかの戦闘民族なの？」

「知ってる？　ヨーロッパではタバコの火を押し付けられても声を上げた方が負けな街もあるのよ？」

「ここは日本だ」

何処(どこ)だよその街。絶対いかねー。

「まあ、それは冗談として……本当に、普通に会話がないのよね。だから別に謝ることも感謝することもないの」

「それはそれで寂しいが……」

「そんなことないわよ。随分慣れたわ」

「そっか」

……まあ、本人がそう言うなら何も言うまい。俺だって、別に無茶苦茶友達が多いわけではないしな。それなら――

「……でも」

「ん？」

「その……ちょっと恥ずかしいんだけど」

そう言って、少しだけ頬を朱に染めてチラチラとこちらを見る。照れ臭いのか、髪をちょんちょん、といじりながら。

「東九条君と出逢って……今は毎日、ちょっと楽しい」

「……そうかよ」

……やめて。俺もマジで照れるし、なんかいろんなものが吹き飛びそうだから。主に、理性とか。

「だ、だって……東九条君、優しいし……普通に、女の子扱いとかしてくれるし……私、そんなのされたことないから……す、すごく、嬉しくて……疲れてるだろうに、わ、私が勧めた本も読んでくれるし……面倒臭いだろうと思うけど、付き合ってくれるそういう優しさ、良いなって」

「……やめて」

「……さっきの、目移りしないとか……ちょっと、『きゅん』ってきた」

「……やめて、桐生さん」

「だから……東九条君がいなかったら……ちょっと、寂しいかも」

「だからやめて！　照れるから！　壮絶に照れるから！」

「う、うん！　ごめんね！　ちょっと恥ずかしかった、今のは！」

「恋愛感情じゃないよな？　百パーセント、友情だよな!!　っていうか、言ってくれ、友情って！」

「な、なんでよ！　確かに恋愛感情じゃないけど……そこまで否定しろって言われたらちょっとムッとするんだけど」

「吹っ飛ぶぞ！　俺の理性とか諸々どっかいくけど良いのか！」

憎からず思ってる女の子と一つ屋根の下で『貴方のことが……好きです』とか言われてみろ。んなもん、辛抱利くか。しかも桐生、めっちゃ美少女だし！

「そ、そうね！　百パーセント友情よ！」

「だ、だろ！」

「そ、そうよ！」

「な！　これからも仲良くしていこうぜ！」

「う、うん！」

なにこの茶番。お互いにそう思いながら、気恥ずかしくチラチラとお互いを見つめて。

「……ええっと……そ、そろそろ寝るわ」

「……おお、おやすみ」

「うん……その、本に夢中なのは良いけど……早く寝てね？　あ、ちゃんと部屋で寝るのよ！　風邪ひくから！」

「……分かった」

「それじゃ……おやすみ」

リビングから扉を開け、顔と手先だけで『バイバイ』と形づくる桐生。整った顔立ちなのに、なんだか小さな子の様な仕草を見せて部屋を後にする桐生を見ながら。

「……こんなんで頭に入るかよ」

――あんな可愛らしいこと言いやがって。

なんだか負けた気になって、俺は持っていた本をリビングのテーブルに放り投げ、そのまま不貞寝と洒落込んだ。

◇◆◇

「……けほ……」

翌朝、桐生の言いつけを守らずにリビングで寝た俺だったが、翌朝起きてみたら見事に風邪(かぜ)を引いていた。

「……ねえ、なんで？　なんでお前が風邪引いてんの？」

……桐生が。

「……けほ……う、うるさいわね。なんだか眠れなくて、本読んでたのよ……けほ……そしたら、湯冷めしたんでしょうね……けほけほ……」

心持ち顔を上気させてこちらを睨(にら)む桐生。これは恥ずかしいからか、純粋に熱が上がったからか判断に迷うところだが……

「……とりあえず、さっさと寝ておけ。学校には……俺から連絡はまずいよな？」

「そうね……けほ……私から連絡するわ」

「出来るか？」

「声は出るもの。そんなに心配しなくても大丈夫……けほ」

「……本当かよ」

「本当よ。ホラ、早く学校行きなさいよ。遅刻するわよ？」

そう言って布団を目元まで上げる桐生。いや、学校って……

「……昼飯、どうするんだよ？」

「……な、なにかデリバリーでも頼むわ」

「……アホか。風邪引いてるときにそんな栄養のないもの食うな」

「それじゃ、おかゆでも作ろうかしら？」

「……まあ、お前、米炊(た)くのは上手(うま)いもんな」

上手いけど……にしても風邪っ引きにそんなのもさせられないしな。

「……分かった。俺も休む」

「はぁ!?　なんで貴方(あなた)が――けほけほっ！」

「ほら、大きな声出すなって。心配すんな。俺はこう見えて普段の生活態度は良いからな。一日サボったところで大目玉を食らう様なことはない」

胸を張る俺。そんな俺に、桐生が胡乱(うろん)な目を向けてきた。

「……貴方が……生活態度は良いの？」

「……まあ、目立たず騒がずってところだが。お前みたいに悪目立ちしないだけで」

「……半分は私のせいじゃないわよ？　別に私が目立ちたくてしてるワケじゃないんだし。絡んでくるから叩き潰してるだけで」

「……普通、女子高生の口から『叩き潰す』って単語、出ないよな～」

流石(さすが)、悪役令嬢。

「まあ、そういうわけで俺は結構ちゃんとしてるから、一日ぐらい授業を休んでも大丈夫。お前と違って友達もいるし、ノートぐらいは見せてもらえるの」

「……そんな嫌み、言わないでくれるかしら？」

半眼でこちらを睨む桐生。悪いな。

「ともかく、お前はゆっくり寝てろ。おかゆ作ったら持ってきてやるから」

「あ、ちょっと！」

「なんだ？　俺はやると言ったらやる男だぞ？　一度サボると言った以上、男に二言はない。全力を持ってサボってやる」

「何馬鹿なこと言ってるのよ。そうじゃなくて……」

上気させた頬のまま、こちらを見やり。

「……ごめんね……その……あ、ありがとう」

「……お、おう。と、とりあえず、早く寝ておけ」

若干弱気な態度に、これ以上見てたらなんだかまずいことになりそうで、俺は慌てて部屋のドアを閉めた。

「……ん……もう昼か」

朝、おかゆを作って食べさせた後、風邪薬を飲ませて冷却ジェルシートを額に貼ると、直ぐに桐生は眠りについた。それを見届けた俺は室内を軽く掃除し、リビングで昨日の続きの本を読んでいたところで腹の虫が鳴った。

「……桐生は……起きてるのかな？　あいつ」

リビングを出て桐生の部屋の前へ。トントントンと部屋のドアをノックすると中から『どうぞ』という声が聞こえてきた。

「……おはよう、東九条君」

「おう、おはよ。熱は？」

「三十七度二分。だいぶ良くなったわ」

「そっか。そりゃ良かった」

朝は三十八度越えてたし、だいぶ良くなったか？

「そうね。これも貴方のおかげね。ありがとう」

「いや、俺がしたのはおかゆ作って食わしただけだぞ？」

「正直に言うと朝は本当にしんどくて……私だけだったら、ご飯作らずに寝てるだけだったと思うもの。ぼーっとして、目も霞んでいたわ」

「俺がイケメンに見えただろ？」

「三人に見えたわ」

「誰得だよ、それ？」

こんな冴えない男子高校生が三人に分裂って。

「そうかしら？　喜びそうな人に心当たりはあるけど……ま、良いわ。ともかくお礼は言うわ。

本当にありがとう、東九条君。おかげで明日は学校に行けそうよ？」

「そりゃよかった。それで？　昼飯だけど、食えそうか？」

返事はなかった。

「――っ！　こ、これは！　せ、生理現象なの！　し、仕方ないでしょ！」

返事の代わり、可愛らしい音が桐生のお腹から聞こえてきたから。

「くっく……しょ、食欲のあるのは良いことだな」

「だ、だから！　笑うな！　仕方ないの！　これは……し、仕方ないの！」

「ははは！　すまんすまん。それじゃ、何が食いたいよ？　あんまり重たいものはアレだけど」

真っ赤な顔でこちらを睨みつける桐生。だが、それも数瞬、諦めた様にため息を吐いた。

「……もう良いわよ。それで、食べたいもの？　食べたいものかぁ……」

悩むように顎(あご)に人差し指を当てて中空を睨む。と、なにかに思い至った様にぱーっと顔を綻(ほころ)ばせた。

「そうだ！　昔から食べたかったのよ！　ほら！　魔法使いの女の子が宅配便屋さんする話に出てくる、アレ！」

「あれ？」

「ミルク粥(がゆ)！」

「……ああ」

アレか。

「っていうかお前、ああいうのも見るの？」

「基本好きよ、あそこの作品。もっとも、原作から入ってのパターンだけど」

原作、あるんだな。知らんかった。

「私、一度風邪引いたら食べてみたいと思ってたの！　ねえ、作れない？」

「そりゃ作れるけど……」

調理自体は簡単だし、材料もある。あるが……

「風邪の時に乳製品はあんまり良くないいんだがな」

「そうなの？」

「お腹、弱ってるかも知れないだろ？」

「うー……そうなのか……折角のあこがれの一品なのに……」

残念そうにしょんぼりする桐生。なんだかその姿は心にクルものがある。

「……まあ、大丈夫か」

「え？」

「ここまで元気なら大丈夫だろ。ミルク控えめにするけど良いか？」

「ホント!?　うん！　大丈夫！」

全身で喜びを表現するように万歳をする桐生。そんな桐生に苦笑を浮かべ、俺は桐生の部屋を後にし、キッチンに戻る。冷蔵庫から材料を取り出し、調理開始！

「出来たぞ～」

「わー！　美味しそう！」

調理することしばし、完成したミルク粥を持って桐生の元へ。目をキラキラさせた桐生に苦笑を一つ、俺はミルク粥の入った皿を差し出した。

「熱いから良く冷まして食べろよ？」

「うん！」

「なんなら『あーん』してやろうか？」

「魅力的なお誘いね？　でも遠慮しておくわ。今より熱があった朝は自分で食べられたのに、熱が下がった今『あーん』してもらう必要がないもの」

「そうかい」

これだけ喋れて冗談も言えるなら、もう大丈夫だろ。

「んー!!　美味しい！」

「美味いか？　そりゃ良かった」

「うん！　とっても！　東九条君、本当に料理上手ね？」

「別に料理上手ってワケじゃねーよ。作れるのってこんなもんぐらいだし」

「そうなの？　でも、普通はミルク粥なんて作らないんじゃない？」

「茜――ああ、妹な？　妹は小さいころ体弱かったし、すぐ熱出してたんだよ。両親忙しかったし、看病は俺の仕事なの」

まあ、一歳しか違わないから看病といってもたかが知れているが。

「その時、あいつも言ってたからな。『ミルク粥たべたーい』って」

「……幼いころの話よね？　え？　私、幼子と一緒？」

「心配するな。あいつは今でも熱出したら言うから」

消化に悪いからやめとけと言うんだが……どうしても譲らない。あれ？　もしかして『ミルク粥』は妹の味とか言い出すんじゃねーだろうな？

「……ちなみにミルク粥作ったことは内緒な？」

「？　なんで？」

「主に、俺の平和の為に」

麻婆豆腐イタリアンの悪夢再び。そう思って口に出した俺の言葉に首を捻りながら、それでも桐生は頷いてくれた。良かった。俺の平和は守られた。

「……ふう。ご馳走様。美味しかった！」

「お粗末様でした」

「何がお粗末なものですか。素晴らしい料理だったわ！」

そりゃ良かったよ。

「それじゃ、後は薬を飲んでもうちょっと寝ろ。そうすりゃ明日にはピンピンしてるさ」

「……」

「なんだ？　あ、アレか？　もう寝れないってか？」

「うー……まあ。寝すぎなくらい、寝たから」

「そうは言っても、寝ないと治らんぞ？」

風邪を治す一番の薬は睡眠だし。

「わ、分かってるわよ！　だから、寝るんだけど……そ、その、ちょっと寂しいし……」

もごもごとそう言って、桐生は布団に潜り込む。こんもりと膨らんだ山がそこに出来上がった。何？　某落ち物ゲームのコスプレ？

「……その、ね？」

布団から目だけを出し、こちらを上目遣いで見やる。

「……眠るまで……手、繋いでくれない？」

片付けもあるし、掃除も途中っちゃ途中だ。やることは結構あるんだが。

「……仕方ねーな」

おい、桐生。そんな嬉しそうな顔するな。俺の理性、しっかり仕事しろよ！

◇◆◇

桐生の風邪は結局、一日で治った。一応、大事を取って翌日は桐生は休み（看病を申し出たが、サボるなと学校に行かされた……）、そして今日の金曜日を迎えた。

「どうだった？　大丈夫だったか？」

「オーバーね。ただの風邪よ？　あ、醤油取って」

「ほい。まあ、大事なかったらよかったよ」

「本当に。これも東九条君のおかげね。ありがとう」

そう言ってにっこり微笑みながら焼き魚に箸をつける桐生。左手にお茶碗を持ち、白米を口に頰張る。

「おいしい！　やっぱり、私の炊いたご飯は美味しいわね！」

「まあな。素材の勝利って言いたいところだが……確かに桐生の炊いたご飯は美味い」

何が違うのか、俺が炊くより桐生が炊いた方が美味い気がする。気の持ちような気もせんでもないが、これに気分を良くした桐生は『ご飯は私が炊くわ！』と随分張り切ってくれてる。まあ、上手い方が炊くのが良いし、俺も楽が出来るから助かるっちゃ助かるが。

「それでもお前、流石に病み上がりだからな。明日、明後日はゆっくり休めよ？　あんまり外に出歩かずに。どっか行く予定でもあるのか？」

「明日も明後日も予定は特にはないわね。というか、そもそも私、あんまり出歩くことはしないのよね。友達もいないし」

「また突っ込みづらいことを……そういえば今まで休みの日って何してたんだ？」

「家で本を読んだり、習い事をしたりしてたかしら？」

「……習い事？　何してんだ？」

「今は何も。中学生まではピアノとヴァイオリン、英会話ね」

「……へー。んじゃそれ以外の時間は？　読書はしてたんだろうけど、テレビは見てないのか？」

「主に読書ね。テレビは……あんまり見ないかしら。ニュースとか、好きな映画とかは見るけど……それぐらいかしらね？」

「ドラマは？」

「興味ないわね。面白くないと言うつもりはないんだけど……あの、一週間待つのが嫌なのよ。続きがすぐ知りたいし」

「ああ、なるほど」

「それに」

そう言って、少しばかり遠くを見つめて。

「――ドラマを見ても話す友達もいなかったし」

「なんか最近自虐（じぎゃく）がネタになってね!?」

「冗談よ。まあ、でもドラマを見てなくても話題に乗り遅れることはなかったわよ？　だって、私はずっと話題の外にいたから！」

「だから！」

「ああでも、ある意味では話題の中心かしら？　もちろん、悪い意味で」

「……お前な？」

俺の声にクスクスと笑ってみせる桐生。良い性格になってきたよ、ほんとに。

「……でも、それもあってか東九条君には感謝しているわ。こうやって毎日お話も出来るし」

「まあ、一緒に住んでるからな」

「……昔はこうやって人と話すことは無駄だと思ってたんだけどね」

「……無駄じゃねーだろ」

「無駄よ。だって向けられるのは悪意ばっかりだもん。それならお互いに不干渉を貫いた方が建設的じゃない？」

「……そうか？」

「そうよ。でも、それもあって私は読書の世界に惹かれたのかも知れないわね」

「本は悪口を言わないから？」

「本は綺麗な世界だからよ。だから、私は基本ハッピーエンド推奨派ね！　やっぱり物語はハッピーエンドじゃないと！」

「そういえば桐生って、どんな本読むんだ？」

ハッピーエンドは分かったが、色々ジャンルあるじゃん。ミステリーとか、時代物とか。

「ハッピーエンド推奨派よ？　恋愛小説に決まってるじゃない。まあ、なんでも読むけど……それでも一番好きなのは恋愛小説、しかも甘々のヤツが好みね！」

「…………………マジで？」

一番、桐生に似つかわしくないのが出てきた。

「何よ。私だって十七歳の女の子よ？　恋に憧れる気持ちぐらいあるわよ。本を読むたびに、『ああ、私もこんな素敵な恋愛したい！』って思ってたわ」

「『恋は熱病ね！　時間の無駄だわ！』ぐらいのことを言うのかと思った」

「言わないわよ、そんなこと。私、現実主義者だもん。いいな、と思う人が出来たら恋ぐらいするでしょうし、むしろそうならない方がおかしいわよ」

なんでもないようにそう言って、焼き魚を一口。美味しそうに顔を綻ばす桐生を見て、俺は思い出す。

「……最初はひどかったもんな、お前」

「……あの時の話は悪かったってば」

「いや、責めるワケじゃなくて……そう考えるとお前、可哀想だよな？」

「可哀想？　なんで？」

「だってお前、『素敵な恋愛』したかったんだろ？　このまま結婚したら恋なんて……ああ、でも出来るか？　お前、浮気しても良いって言ってたもんな」

「貴方には認めたけど、私はするつもりはないわよ？　そんな不義理なこと」

「いや、俺だってするつもりはないが……」

「言ったでしょ？　私は現実主義者なの。『許嫁』って単語に過剰反応はしてしまったけど……私、それでも桐生家の跡取り娘だし？　変なお婿さんはとれないもの。そうなれば、きっと許嫁はともかく、お見合いぐらいはしてたでしょうし。自由恋愛なんてもってのほかよ」

「そっか……」

まあ、それもさにあらん。桐生の家に『ちいっす！　お嬢さん、頂きますわ～』なんて輩が来たら豪之介さんに冗談抜きで出口なし富士の樹海を単独走破コース待ったなしだろうし。

「……でも、それってせいぜい大学卒業してからの話だろ？」

「まあね。少なくとも、高校在学中にお見合いなんてことはないと思うわ」

「そう考えると……やっぱり可哀想だよな、お前。高校時代くらいは恋愛出来たかも知れんのに」

結婚までいくかはともかく、恋に憧れる女の子が恋を知らず……かどうかは知らんが、聞く限りじゃ男っ気もなかったんだろうし、そんな若い身空で許嫁か。そりゃ――

「……なに？　どうした？」

気づけば桐生が頬をぷくーっと膨らまして不満そうにこちらを睨んでいる。どうでもいいが、ちょっと可愛い。

「……貴方、私との許嫁がそんなに嫌なの？」

「……は？」

なんで？　俺はお前が可哀想だと思ってだな？

「だって……さっきから、暗に私に『恋愛しろ』って言ってない？」

「……そんなつもりは」

言われてみれば……まあ、確かに聞こえないでもない。

「本当かしら？　なんだか、私に『素敵な恋愛』をしてほしそうに聞こえるけど」

「してほしいというか……出来なくて可哀想と思ったというか」

「ふーん？　っていうか、そもそも貴方、私が誰かと恋愛しても良いの？　貴方のことを放っておいて、他の誰かとイチャイチャして――『素敵な恋愛』をしても？」

「……」

桐生が？　俺のことを放っておいて、誰かと……イチャイチャして……『素敵な恋愛』？

「……ふーん」

「じょ、冗談よ！　冗談だから、そんな怖い顔しないで？」

「……え？　怖い顔してたか、俺？」

「怖い顔っていうか……なんか、凄い不満そうな顔かしら？　ううん、やっぱり怖い顔だったわよ、アレ」

まあ……正直、ちょっと『イラ』っとしたのは間違いではない。恋愛感情かといえばそうではないといえるが……なんだろう？　仲良い友達取られた感はすげーあった。

「……まあ、心配しないで？　私は別に、誰かと恋愛なんかするつもりはないから。貴方に夢中、よ？」

「嘘の多い人生だな、それは」

「嘘じゃないわよ。私は貴方の許嫁で、貴方は私の許嫁よ？　それじゃなくても、私が今まで一番長い間話した男の子ですもの。まあ……確かに夢中は言い過ぎかもしれないけど、一番は一番よ？」

「そりゃまた光栄です」

「もう」

苦笑しながら、桐生は箸をおく。

「だから……貴方がさっき怒ったみたいな顔をしたの……怖かったけど、ちょっと嬉しかった」

「……そうかい」

「貴方に『どうでもいい』と思われるのはちょっと辛いかも知れないわね」

「どうでも良いとは思わねーよ」

きっと、俺はもうコイツのことを『どうでもいい奴』とは思えないだろ。

「ありがとう。凄く嬉しいわ」

「そいつはどうも」

「さっきも言ったけど、私が一番長い時間を過ごし……そして、これからも過ごしていくのは貴方よ。貴方は私のことを知ってる、一番の男の子だけど……私はきっと、貴方のことを一番知ってる女の子じゃないわ」

「……まあ、そうかもな」

涼子とか智美、瑞穂の方が俺のことは良く知ってるしな。

「でも、それはちょっと悔しいじゃない？　だからね？」

――私にも貴方のこと、もっと教えて？　と。

「……負けず嫌いめ」

「そうね。自分でもびっくり。私、結構負けず嫌いみたいだわ？」

「負けず嫌いは自覚してただろうが、悪役令嬢。色んな人を正々堂々叩き潰してきたくせに」

「そう言われればそうね。それじゃ負けず嫌いの私から質問です。好きな女優さんって、だれ？」

「お前、テレビ見ないから知らないだろ？」

そんなしょうもない会話をしながら、金曜の夜は更けていった。

◇◆◇

「ねぇ、東九条君？」

「どうした？」

寝転がってテレビを見ている日曜日の昼下がり。お昼はパスタで良い感じにお腹も膨れ、のんびり寛いでいる俺に声が掛かる。桐生だ。

「これ……ちょっと気にならない？」

「これ……？」

桐生が差し出した『ソレ』に視線を送る。と、そこにはカラフルな字体で『第八回新津ふるさと祭り』と書かれたチラシがあった。

「……ふるさと祭り、ね」

「今日開催だって。場所はこないだバスケットした公園だし、どう？　ちょっと行ってみない？　近いし」

「あー……そうだな。近いっちゃ近いか」

あそこまでならそう距離も遠くないし。ないけど……

「ええっと……大丈夫か？　病み上がりなのに出歩いて」

「どれだけ過保護なのよ。ただの風邪だし、もうすっかり良くなったわ。場所も近いし、ちょっと見て回ってすぐ帰るから。ねえ、行きましょうよ～」

そう言って、俺の服の袖をクイクイと引っ張る桐生。伸びるって。

「……良いけど……どうしたよ？　お前、休日は本を読むって言ってなかったか？」

いつからそんなアクティブな子になったんだ？　まあ、前を知らんからなんとも言えんが。

「まあそうだけど……お祭りデートって基本だと思わない？」

基本って……ああ。

「恋愛小説的に？」

「少女漫画でも可、ね」

「まあ、良く見る展開っちゃ良く見る展開か」

「でしょ？　ちょっと憧れもあったのよね。それに私、お祭りって行ったことがなくて」

「そうなの？」

「ああ、ごめん。語弊があったわ。私、お祭りに行ったことがないのよ。友達と」

「……」

「両親とお祭りを回ったことはあったけど、ごくごく小さいころだったし……小学校高学年や中学校になればお祭りって友達と行くでしょ？　だから本当に久しぶりなのよ」

「……一人で行くという選択肢は？」

「ないわよ。クラスメイトにでも会ってみなさい。絶対馬鹿にされるじゃない」

まあ、確かに。特に桐生なんて悪目立ちしてただろうし『桐生さん、一人でいらっしゃってよ？』なんて言われたらコイツの性格上我慢ならんのだろう。

「クラスメイトにあったらどうする？　同棲バレると厄介じゃないか？」

「貴方、ご実家に住んでた時にここのふるさと祭りに行ったことある？」

「……ないな」

ふるさと祭りって地区のお祭りのイメージあるしな。わざわざ遠征してまで行こうとは思わんか。

「まあ、会っても『たまたまそこで会ったから、一緒に回ってる』って言えば良いじゃない？　ねえ、東九条君！　行きましょう！」

「……はあ。分かったよ。でも、あんまり遅くならないようにな」

「やった！」

嬉しそうにぴょんぴょん飛び跳ねる桐生に苦笑を浮かべて、俺は自室から財布を持ってくる為にリビングを出た。

「ひ、東九条君！　まず何処から見て回りましょうか！」

辿り着いた件の公園内で開かれていたふるさと祭りはまあまあ盛況だった。若干興奮した様に顔を綻ばせる桐生に苦笑を浮かべる。

「……少し、落ち着け。どんだけはしゃいでんだ、お前は」

「はしゃぐわよ！　お祭り、何年振りだと思ってるの！」

「分かった分かった。ったく……はしゃぎすぎてこけるなよ？」

「子供じゃあるまいし、こけないわよ！　それじゃ！　まず何処から回りましょうか！」

「……そうだな」

ぐるっと辺りを見回す。視界に入るだけでも、たこ焼き、やきそば、リンゴ飴、クレープの食べ物系の屋台に、射的、金魚掬い、ヨーヨー釣り等の遊戯系の屋台と……まあ、お祭りの定番の屋台は並んでいるが……

「……取りあえず、食べ物系の屋台は除外な」

「え、ええ！　な、なんでよ！　食べ物系、鉄板じゃない！」

「さっき昼食べたばっかだし、まだ腹減ってないだろう？　こんな時間に食べたら桐生、『晩ご飯はいらないわ』とか言うんじゃね？」

三食ちゃんと食べないと健康に悪いからな。

「だ、大丈夫よ！　お祭りのやきそばは別腹だもの！」

「……なにその甘いモノは別腹理論。聞いたことないんですけど。とにかく、駄目だ」

「じゃ、じゃあ……そう！　金魚掬い！　金魚掬いなら良いでしょ！」

「駄目に決まってるだろう？」

「でしょ！　じゃ、じゃあ……って、駄目？　なんでよ！」

……あのな。

「……お前、生き物育てたことあるの？　金魚掬いって金魚を掬って、はい、おしまいのキャッチ&リリースじゃねえんだぞ？　お前、きちんと面倒見れるのか？」

中にはキャッチ&リリースのところもあるんだろうが……俺はそれの何が楽しいのかいまいち疑問だ。成果物がないとな、やっぱ。

「うっ！　な、ないけど……東九条君は育てられないの？　私もお手伝いするから、一緒に育てましょうよ！　愛の結晶よ！」

「なんだよ、愛の結晶って。やだよ、面倒くさい」

「面倒くさいって！　金魚が可哀想でしょう！」

「そうだよ。だから俺は飼わないの。面倒くさいって思われて育てられるのは何より可哀想だろうが、金魚が」

「そりゃ……そうだけど……じゃ、じゃあ、なんだったら良いのよ！」

「そうだな……」

もう一度、屋台をぐるりと見回す。ふむ……

「……ヨーヨー釣りかな。水風船だから割れた時が心配だが……まあ、食べ物・生き物系を除いたら、消去法でこれしかないだろう。論理的に考えて」

「……ねえ、東九条君。貴方って理系志望？」

「文系だよ」

本は嫌いだけど、数学は補習に行くレベルだし、文系志望だが？

「何よ、その理系みたいな言い方。私、理系って嫌い」

「全世界の理系の人に謝れ！」

いきなりなんて爆弾発言をかますんですか、この子は！　恐ろしい子だよ！

「何よ、何よ……折角お祭りに来たんだし、もっと、こう……二人で楽しく和気藹藹と回るとか……」

「何か言ったか？」

「なんでもないわよ！　もう良いわ、ヨーヨー釣りで！　ほら！　早く行くわよ！」

肩を怒らせながら、ヨーヨー釣りの屋台に向かう桐生にため息一つ。俺はその後をついていく。ヨーヨー釣りの屋台の親父さんは人好きのするおっさんでニコニコ笑いながら『いらっしゃい！』と俺達を出迎えてくれた。

「一回、二百円だよ！」

「それじゃ……桐生、やってみるか？」

財布から百円玉を二枚取り出し、親父さんに渡す。俺の仕草に、驚いた様に桐生は手に持ったバッグの中を漁った。

「じ、自分で出すわ！」

「いいよ、これぐらい。ホレ」

「……あ、ありがと」

おずおずと俺からこよりを受け取ると、花が咲いた様な笑顔を浮かべる桐生。屋台のおっさんが『青春だね～』とかニヤニヤした顔で言ってくるから、その笑顔、やめてくれない？　可愛いんだけどさ？

「そ、それじゃ頑張るわよ！」

そういって、『むん！』と小さくガッツポーズをしてヨーヨーの浮かんだゴムのプールの中に視線を向けた。その顔は真剣で、それでいて楽しさがにじみ出ている様な笑顔であり、俺としては桐生を連れてきて良かったと、そう思ったんだ。

……三十分後までは。

「……もう一つくれるかしら？　『こより』」

顔はにこやかだけど、『ゴゴゴォ！』って怒りの波動を浮かべてそうな桐生に、俺は冷や汗をかく。

「……あ！　ま、また！　もう！　なんで取れないのよ！　『こより』、もう一つよ！」

お行儀悪く、こよりを地面に投げ捨てる桐生さん。いや、なんでって……

「……なあ、桐生」

「何よ！」

「お前……ヨーヨー釣り、やったことあるのか？」

「初めてよ！　知ってるでしょ！　私、お祭りに殆ど来たことがないの！」

……ああ、やっぱり。

「……あのな、桐生？　ほれ、『こより』は紙で出来てるだろう？　だから……水につけたら……破れちゃうんだぞ？」

「私のこといくつだと思ってるのよ！　バカにしてるの、貴方!?　それぐらい、分かってるわよ！」

……分かってるんだったら、そんな勢いよく水の中にこよりをつけるなよ。あまつさえ、水の中で悠長に『どれにしようかな〜』みたいに迷ってたら……

「ああ、もう！　また！」

……普通に考えて、直ぐ破けるでしょうよ。なんでこの子、頭良いのにこんなにポンコツなんだろ？　アレか？　最初はテンション上がり過ぎ、今は怒りで冷静じゃないのか？

「もう！　なんで取れないのよ！　大体、このこよりが直ぐ破けるからいけないのよ！　インチキじゃないの!?」

「営業妨害になるからそれ以上言うな！」

そもそも、直ぐ破けなかったら商売にならないだろうが。無茶苦茶言ってるから、桐生さん。

「……そうだわ！　こよりを纏めて十本、貰えるかしら！」

「どわー！　ストップ！　財布から諭吉先生を出すな！　何考えてるんだ、お前！」

「何よ！　十本纏めれば、水の中につけても簡単には破れないわ！」

「財力に物を言わせるな！　それじゃまんま悪役令嬢じゃねーか！」

なんかどっかで見たことある気がするけど、そういうキャラ！　つうか、見ろ！　店の親父さん、苦笑じゃねえか！

「……お嬢ちゃん、そろそろ諦めたらどうだい？　ほら、これだけ遊んでくれたから、一個ぐらいはサービスするからさ？　どれがいい？」

苦笑を浮かべたままそう言う店主さん。ああ、すみません、すみません！　ウチの連れが無茶苦茶してすみません！！

「……結構です」

「そうかい。それじゃどれに——え？」

「結構、と言いました。私は施しを受けたいわけではありません。正々堂々、自分の手で取りたいのです！！　その様なズルでたとえ手に入れたとしても、嬉しくありません！！」

「いや、ズルって……そういう意味じゃなくてね、お嬢ちゃん？」

……もう、ほんとにすみません！！　ウチの我儘令嬢がこんなで！　おい、桐生！　お前、いい加減にしろ！　店主のおじさん、無茶苦茶渋い顔してるじゃないか！！

「……さあ、それじゃ続けましょうか、ひがしく――東九条君？　何してるの、貴方？」

いぶかしむ表情を浮かべる桐生をしり目に俺はポケットから財布を取り出し、店主のおじさんに百円玉を二枚差し出す。

「……すみません、俺も一つ良いですか？」

「あ、ああ。い、良いけど……」

動揺したまま俺から二百円を受け取ると、こよりを一つ渡してくれるおじさん。そのまま、ゴムのプールに浮かぶ水風船のヨーヨーに視線を向けて。

「……お前、何色好き？」

「へ？　い、色？　あ、赤だけど……」

「……赤な」

赤と金色が塗られたヨーヨーに目星を付けて俺は慎重に水の中にこよりをつける。ヨーヨー釣りはスピードが命、指を通すわっかに器用にこよりの先端、釣り針の様な形状の金属を通して……

「よし！」

「おお、おにいちゃん、上手だね～。おめでとう～」

俺の手の中には一つの水風船のヨーヨーがあった。

「……え？　え、ええ!!　な、なによそれ！　ズルい！　東九条君ばっかりズルい!!　私ももう一回やる！」

けて。

そう言って俺は親指でくいっと後ろを指す。その指につられる様、桐生が視線をそちらに向

「セリフが完全に悪役令嬢。そうじゃなくて……ほれ」

にはまだ余裕があるわ!!」

「なんでよ!! 私だって欲しいもん! 心配しないで!! 今のでコツは摑んだし……私の財布

「駄目だ」

「……ねえ、お姉ちゃん、まだぁ? 私も早くやりたいんだけど……」

「……え?」

小学生の三年生くらいか? 女の子が百円玉を握りしめて立っていた。

「お姉ちゃん、楽しそうにしているから我慢してたけど……美咲もやりたーい」

「あ……ご、ごめんなさい!! 私、気付かなくて!! 直ぐ代わるわ!!」

「ううん、お姉さん、楽しそうだったから良いよ!」

慌ててその場所を移動する桐生に、『ばいばい』と手を振って女の子は嬉しそうにヨーヨー

の海に視線を投じた。その背中を見た後、俺と桐生はその場を後にする。

「……ごめんなさい、東九条君。迷惑を掛けたわね」

「別に迷惑じゃねーけど……」

「あの子にも申し訳ないことをしたわ。もしかして、結構待ってたのかしら?」

「そーでもないんじゃないか? それに、お前の無様な姿を見て笑っていたし……差し引きゼ

ロじゃね？」

「……無様な姿って……ええ、でもそうね。結局、一個も取れなかったし……」

そう言って恨めしそうに俺のヨーヨーを見る桐生。

「……そんなに欲しかったのか？」

「……そうじゃないけど……なんだろ？　こう、成果物がないのが悔しいというか……」

俺に向けていた恨めし気な視線を屋台に向けて――あ、あの女の子、取れたっぽいな。『おめでとう！』『やったー！』なんて声が聞こえてくるし。

「……あんな小さな子でも取れたのに……」

肩を落とす桐生。ったく……

「……ホレ。これ、やるから。そんなに落ち込むな」

桐生の前にヨーヨーを差し出す。目の前のヨーヨーにきょとんとした表情を浮かべてみせた後、桐生は慌てた様に両手を振った。

「い、良いわよ！　だってそれ、東九条君が取ったものじゃない!!　ほ、施しは――」

「施しじゃねーよ。じゃないとお前、お前の好きな色なんて聞くわけねーだろうが」

「――……」

「お前の為に取ったんだよ。だからまあ……受け取っておけ」

……うん、まあ、あのまま桐生とあの場所にいるのが恥ずかしかったという理由もあるが。

『ん！』と差し出すヨーヨーをおそるおそる手に取った桐生は、上目遣いでこちらを見やる。

少しだけ嬉しそうに緩みそうになる頰を押さえつける様にもにょっとした顔を浮かべる桐生。なんだろう？　その顔が、なんとなく年不相応な幼子の様な顔で。

「……い、良いよ。その為に取ったんだし……まあ、お前は施しとか思うかも知れねーけどさ!?　別にそんなに珍しいことじゃないだろ？　俺ら、許嫁で……まあ、いつかは夫婦になるわけで……俺の物はお前の物というか……」

……何を言っているか分からないことを口走っていた。

「……あ、あう……ふ、夫婦……」

瞬間、『ポン』っと顔を真っ赤にする桐生。やめれ！　それ、可愛い！　可愛いヤツだから!!

「と、ともかくだな！　その、よ、嫁が欲しい物があるなら多少は無理をするのが旦那の務めというか！　そ、そんな感じだ!!」

……うわ、マジでくそ気持ち悪いこと言ってる。俺、テンパると結構駄目だわ。そう思い、一人でちょっとだけ落ち込んでいると桐生がくいくいっと俺の服の袖を引っ張ってくる。

「……なんだよ？」

「あ、あのね？　その……う、嬉しかった。あ、ありがと……」

「……おう」

「そ、それと……私があれだけ苦労したヨーヨー釣り、一発で決めた東九条君、凄くかっこよかったよ？」

「……」

やめて。顔から火が出るから。

「だ、だから！　その、あのね？　あのね？　このヨーヨー、大事にするから！　その……ありがとう――」

――私の素敵な旦那さま、と。

「……お、おう。そうだな。折角だし、だ、大事にしてくれ」

嬉しそうに微笑む桐生に、思わず顔を背ける。や、やべ！　あの顔とあのセリフ、反則だろうが！　見ろ！　桐生も照れたのか顔真っ赤にして俯いてるし!!　わ、話題転換！　話題転換を!!

「って、いうか！　お、お前、ハマるとヤバいな。課金ガチャとかぜってーするなよ？」

「……し、しないわよ。自覚、あるもん」

話題転換を理解してくれたのか、桐生も俺の話に乗ってくる。

「……自覚、あんのかよ？」

「あるに決まってるでしょ？　図書館で読んだ本をもう一回買う女よ、私。蒐集癖があるのよ、きっと」

理解してるなら安心……でもねーな。そもそも、理解してるのにハマるのがまずいって。

「……さ、それじゃもういい時間だし帰るか？」

「……もう、そんなに時間たったの？」

「二時間弱ってところか？　ってつてもお前、病み上がりだしさ？　そろそろ帰ろうぜ？」

「……そんなに。全然見て回ってないのに……」

「誰のせいだよ、誰の」

「……私。ねえ？　もうちょっと見ていかない？」

「うーん……」

いや、まあ別に何かがあるわけじゃないし、良いっちゃ良いんだが……いや、なんか怖いんだよな、今日のコイツ。射的とかでも絶対にハマる未来が見えるし。かといって食べ物系はなー。腹も減ってないし。

「……見るところ、あるか？」

結局こういう結論に落ち着くんだよな。そんな俺の心を知ってか知らずか……まあ、確実に知らないであろう桐生は、抗議の声を上げる。

「そ、その！　確かに悪かったわよ！　でも、もうちょっと遊んでも良いじゃない！　遊び足りないわよ！」

「あれだけ遊んでだと……！」

戦慄を覚えた。いや、確かにこいつはヨーヨー釣りしかしてないけども。

「……まあ、気持ちは分からんでもない。ないがな、桐生？　食べ物系は全滅だし、遊戯系はちょっと怖いんだよ、今のお前」

「……食べ物系を買って帰って晩ご飯、とか」

「勿体ない……とは言わんが、家に持って帰って食ってもさめてるじゃん」

「わ、我が家には電子レンジという文明の利器があるわ！」

「そりゃあるけど……でもさ？　別にわざわざここで買ってチンして食べる必要なくね？　俺、飯作るぞ？」

「……そうだけど」

「そもそも……お前、無駄遣い嫌いな奴だろうが。どうしたんだよ、今日。なんかおかしくねーか？」

そうなんだよな。コイツ。お嬢様のくせに吝嗇というか……まあ、本以外は結構節約するタイプだった気がするんだが……本当にどうしたよ、今日？

「そ、それは……その……」

「来たかったらまた来たら良いだろ？　別に祭りはここだけじゃないし、もうちょっと他の祭りでも――」

「……あ！」

「――いいじゃねえか、っておい！」

言ってる傍から何処に行きやがりますか、貴方は！

「ちょ、おい！　桐生！」

走り出す桐生の背中を追う様に、俺も追いかける。視線の先では目的地に着いた桐生がしゃがみこんで何かを見つめていた。一体何を……って、ん？

「……露天商？」

都会なんかではたまに見かけるが……およそ、『お祭りの屋台』としては、随分違和感を覚える佇まいだ。陳列される商品を見るに、アクセサリー系？　ますます、お祭り向きじゃない様な気がせんでもない。こういうのって子供向けのおもちゃとかぬいぐるみとかじゃね？　そう思い、視線を桐生に向けると。

「……可愛い」

俺の予想もなんのその、うっとりとした視線を向ける桐生。なるほど、こういう需要もあるのか。

「……どれだよ？」

俺の問いかけに、黙って桐生が指差す。その方向に視線をやると……

「……キーホルダー？」

そこにあったのはシンプルなリング型のキーホルダー。これの何処に可愛い要素があるんだと思っていると。

「石」

「石？」

「……うん。この石、可愛いし……綺麗……」

こくん、と俺の問いかけに桐生が首を縦に振る。

「おお！　お客さん、お目が高い！　これ、実は私が作った中でも一番の自信作！」

露天商のお姉さんが、にこやかに話しかけてきた。へえ……これ、お姉さんの手作りなんだ？　スゲー器用だな、これ。普通に店に売ってても違和感ないぞ？

「そうそう。イイ石が入ったんで、気合を入れて作ったんだ！　名付けて、『蒼天の月』」

「『蒼天の月』？」

「そう！　キーホルダーの先についてる石はラピスラズリなんだけどね？　見て！」

そう言って、お姉さんがキーホルダーを手渡してくる。まじまじとそのキーホルダーを見ていると……あれ？

「……何か、中に入ってます？　金色の点みたいなのが見えるんですけど……」

「そうなのよ！　それ、パイライトっていう鉱物でね？　ラピスラズリの中に混じることがあるんだけど、そんなに綺麗に丸く混じることなんて滅多にないんだよ！　しかも二個！　指輪にするかキーホルダーにするか悩んだけど、キーホルダーにしたんだ！」

そう言って『見て見て！』と対になるであろうもう一つのキーホルダーを見せてくる。そちらに目をやると、こちらは少しだけ大粒な金の点が入っていた。

「……はあ」

「元々、『ラピスラズリ』の『ラズリ』って、『天』とか『空』って意味なの。ホラ！　そう思ってみると、夜空に浮かぶ満月みたいでしょ？」

ね？　と俺に笑みかけるお姉さん。まあ、そう言われればそう思えないこともないんだけど……なんだろう？

「……要は、不純物が混じってる宝石ってことですか？」

時間が止まった。一秒、二秒、露天商のお姉さんがすげーイヤそうな顔でこっちを見てくる。な、なんですか？

「…………ヤなこと言うね、君。浪漫（ロマン）がないの？　浪漫が」

「い、いや、そういうわけじゃ……あと、『蒼天』って、夜空につけるネーミングですかね？」

どっちかっていうと昼間のイメージだが。要は、青空って意味だろ？　あれ？　違う？

「語感を重視したの！　格好いいじゃん、蒼天の月って！」

「そうっすか？」

「……はあ。大変だね、彼女。理系の彼氏持つと」

「彼女じゃないです！　あと、理系でもないですよ！」

桐生にしろ、このお姉さんにしろ……何か恨みがあるのか、理系に！

「とーにーかーく！　ほら、彼氏！　今ならちょっとおまけしてあげるから、彼女に買ってあげなさいよ！　っていうかコレ、一応対になっているから二つとも買って！」

「だから、彼女じゃ――」

「だーもう、五月蠅（うるさ）いわね！　良いわよ、それじゃ彼女じゃなくても！　とにかく、ホラ！」

そう言って、お姉さんが桐生を指差す。つられて俺も、そちらに視線を送って……

「ホラ？　どう？」

……桐生。

「あーんな眼して見つめてるのよ？　プレゼントとしてポーンと買ってあげるのが、男の甲斐性ってモンでしょ？」

何その、捨てられた子犬みたいな目。やめてくれない？

「……いくらですか？」

「……ふふふ」

時計の針は既に三時。結局、アレから色々連れまわされた俺はすっかりくたびれモードだが
……たいして桐生、ずっとご機嫌だ。

「……ちゃんと前見て歩けよ？」

「あら、心外ね。きちんと前を向いて歩いてるわよ？」

駄目だ。聞いちゃいねえ。前を向いていると主張しているくせに……なんのことはない、視線はずっと手元のキーホルダーとヨーヨーに注がれている。事故るぞ？

「……あのな、桐生」

「分かってるわよ。気をつけろって言うんでしょ？」

「……分かってるなら前見て歩けよ」

「……ふふふ」

……聞いちゃいねえしよ。

「……東九条君？」

「……なんだ？」

その声に視線を向けると。

「――っ！」

キーホルダーと水風船のヨーヨーを愛おしそうに抱いた桐生が。

「……ありがとう。大事に……ずっと、大事にするわ……」

……そう言って、蕩ける様な笑みを浮かべる桐生に。

「……そんなに高価なモンじゃないぞ？　キーホルダーもだし、ヨーヨーに至っては二百円だろ？」

「私のも加味すると、ヨーヨーはとんでもない高価なヨーヨーだけどね？」

「……確かに」

下手したらアレ、世界で一番高価な水風船かも知れん。

「それに……そんなの関係ないわよ」

だって、と。

「……初めて……東九条君に貰ったものだもの。二つとも、私の宝物よ」

なんだかその言葉に、猛烈に照れる。

「……風邪薬とか体温計買っていかなかったか？」

「ふふふ。照れてるの、東九条君？」

「……うるせーですよ」

そら、照れるだろう。そう思い、フイっとそっぽを向いた俺に、桐生は楽しそうに声を掛けてくる。

「その……今日、私、ちょっと我儘だったでしょ？」

「まあな。普段はもっと気を遣える奴だもんな、お前は」

「それはごめん。でもね、でもね？　今日は東九条君とお祭りだーっと思ったらなんだか嬉しくなっちゃって……帰るのが、凄く残念になって……」

ついつい、我儘言っちゃった、と。

「だから……ごめんね？」

「……」

……はあ。

「いいよ。どうだ？　楽しかったか？」

「うん！　とっても！　あのね、あのね、東九条君！　私、また一緒にお祭りに行きたい！」

そう言って、全身で喜びを露にする桐生に。

「……気が向いたらな」

直近で何処(どこ)でお祭りがあるか調べてやろうと心に決めた。

第六章　『悪役令嬢』、その涙の理由(ワケ)は。

「おーっす。おはよ、ヒロユキ。元気？」

「おはよ。まあ、元気っちゃ元気かな？　涼子(りょうこ)は元気か？」

「元気よ。『浩之(ひろゆき)ちゃん、元気してるかな？』って心配してた」

　登校してすぐ、智美(ともみ)から声が掛かるのはこの一週間での決まり事みたいなもんになってきている。小学校も中学校も、ずっと一緒に通っていただけに『朝一番に挨拶(あいさつ)をするのが学校』というのが凄く違和感を覚える。

「……なーんか変な感じだよね？」

「何が？」

「『朝、ヒロユキに学校で挨拶する』ってのが」

「……」

　こいつもか。ま、俺らはずっと一緒の幼馴染(おさななじみ)だしな。やっぱり違和感はあるよ。

「……その内、慣れるんじゃね？」

「……そうかな？　なんか私、いつまでも慣れない気がするよ。ヒロユキがいない日が、毎日毎日続くのって」

「そうはいってもお前、俺らだってずっと一緒なワケじゃねーだろうが。大学になったらそれこそ日本全国……かどうかはともかく、離れ離れになるんだし」

「それは……そうかもだけどさ」

そう言って俺の机にぐでーっと寝そべる智美。下から覗き込む様にこちらを見る智美の表情は、不満しか表してないんじゃないかってぐらいに頰が膨らんでいる。

「……そんな顔すんなよ」

「……そうだね。あ！　そうだ！　忘れてた！　ヒロユキ、今日はお昼は？　用意している？　愛妻弁当とか」

「声が大きい！　あー……今日は購買でパンでも買おうかなって思ってたところ」

「そっか。それじゃさ？　一緒にご飯食べない？　久しぶりに、涼子も入れて三人で！　今日、涼子お弁当の日なんだ！」

「そうなのか？　んじゃ購買で買って……屋上でも行く？」

「その必要はナッシング！　涼子、いつもの癖で作り過ぎちゃったんだって。だから、ヒロユキは弁当の処理係に任命されました」

「涼子の弁当の処理係なんて幸運な役回りなら喜んでお受けする」

美味いしな、あいつの料理。

「にしても、あいつも結構抜けてるよな。作り過ぎるなんて」

「まあ、涼子だって慣れてないんだよ。ヒロユキのいない日常に」

「そうか？」

「私より付き合い長いしね、涼子の方が」

「まあ、家も隣同士だし、生まれた時から知ってるっちゃ知ってるけど」

「だから、余計にじゃない？」

「……慣れるしかねーな、それも」

「まあね。それじゃ、ヒロユキ！　お昼に屋上に集合ね！」

◇◆◇

「はい、浩之ちゃん。唐揚げ」

「さんきゅ……ん、美味い。流石。あ、おにぎり一個貰うぞ？」

「どうぞ。こっちがおかかでこっちが昆布だよ」

「んじゃ、おかかで」

「はーい」

　昼休み。屋上に上がってみると、智美と涼子は既にレジャーシートを敷いて待っていてくれた。礼代わりに買ったミルクティーとスポーツドリンクをそれぞれ涼子と智美に渡し、俺は涼子の手作り弁当に舌鼓を打つ。相変わらずうめーな。

「どう？　お味の方は」

「相変わらず美味い。絶妙な塩加減だし」

「そうだよね～。涼子の料理、本当に美味しいよね。ただ、文句をいうわけではないのですが、もう少し塩気が多ければこのおにぎりはもっと美味しくなると思うのです」

「なんで丁寧語なんだよ。つうか、文句があるなら食うな。俺が全部食うから」

「も、文句じゃないってば！　その……昔はもうちょっと塩気が強かったかな～って」

そうか？　涼子の料理が塩辛いなんて思ったことはないが……そう思い涼子の方に視線をやると、苦笑を浮かべた涼子と目があった。

「……智美ちゃん、正解。ホラ、昔は浩之ちゃんも智美ちゃんもバスケしてたでしょ？　だから、試合後のお弁当とかは気持ち塩分多めに作ってたんだ。走りっぱなしのスポーツだし」

「……マジ？」

そんな気を遣ってくれてたの？

「っていっても、ほんの少しだよ？　むしろ智美ちゃん、良く気付いたね？　言われても『そうかな？』って思う程度の分量だったのに」

「ふっふっふ～。神の舌を持つ女と呼んでくれたまえ。ヒロユキとは違うのだよ、ヒロユキとは！」

「喧しいわ」

いや、気付かなった分際で偉そうには言えんのだが……そうなんだ。そりゃ知らんかったわ。

「……なんか悪いな。気付かなくて」

「ううん、良いよ。美味しいって思ってもらったらそれで構わないから」

俺の謝罪にふんわり微笑(ほほえ)んで、首を左右に振る涼子。エエ子や。

「さ、そんなこと気にしないで浩之ちゃんも智美ちゃんももっと食べて！　折角(せっかく)――」

「浩之先輩！」

突如、屋上の扉がバーンっと音を立てて開く。この小喧しい声は瑞穂(みずほ)だな？

「……なんだよ？」

「あー！　また涼子先輩のお弁当食べてる！　ずるい！」

「別にずるくねーだろ」

「ズルいです！　涼子先輩ー！」

「……瑞穂ちゃんも座って食べる？」

「はい！　ご相伴(しょうばん)に……っと、そうじゃなかった！　浩之先輩に用があったんです！」

「……なんだよ？　もしかしてバスケの誘いか？　それは流石に面倒くさいぞ？」

「ちが――まあ、違わないんですけど、今日は違いますよ！　先輩、桐生(きりゅう)先輩と仲良しなんですよね？」

「……」

答えにくい質問を。

「……前も言ったろ？　弁当を一緒に食う仲だ」

「じゃ、親友ってことですね」

「まて。なんでそうなる」

「だって桐生先輩、誰かと一緒にいるところ見たことないですもん。しかも一緒にお弁当まで食べるなんて、そりゃもう親友でしょ」

「……仲は悪くはないと思う。親友かどうかはともかく。それで？　どうした？」

「ああ、いやね？　私、ここに来る前に校舎裏でパン食べてたんですよ」

「……なんで校舎裏？　あんな人気（ひとけ）のないところで」

何？　コイツ、もしかしてクラスに友達いないの？

「ほら、あそこ、告白スポットじゃないですか。だから、ちょっと『きゅんきゅん』分を補給したい時にこっそりあそこに隠れて――」

「趣味が悪すぎだろ！」

「冗談です。流石に人が来たら退散しますよ。今日はちょっと色々疲れてたんで、一人になりたかったんですよね～」

「……なんかあったか？」

「大丈夫です。大丈夫ですから、そんな心配そうな顔しないで下さい。ホント、ちょっとしたストレスでイライラしてたんで、友達と話して感じ悪くなっちゃうかも知れないんで一人でいただけです」

「……そっか」

「ご心配ありがとうございます。でも！　言いたいことはそれじゃないんです！　私が校舎裏にいたら、桐生先輩が来て！」

「桐生が？」

「そうなんですよ！　ほら、あそこって告白スポットで、桐生先輩って超美少女じゃないですか！　だから、あ、これは絶対告白だと思ってですね」

……桐生に告白、か。なんだろう？　別に桐生が誰に告白されても文句は言えんが、あんまり面白くな――

「でも、ですね？　桐生先輩の後に来たのって、女の先輩だったんですよ。しかも三人で、ちょっと怒ってるみたいで……あれ、喧嘩じゃないですかね？　一応、浩之先輩の耳にも入れておこうかと思いまして。あの桐生先輩に喧嘩売るって、生半可な気持ちじゃ怖くて無理ですし、そう思うときっとガチな方で……ヤバくないですかね、コレ？」

――なんか、一気にきな臭くなってきたぞ、おい。

「悪い、ちょっと行ってくる！」

屋上から駆け下り、一路校舎裏へ。途中、二度ほどこけそうになりながらも急ぐ。自分でもなんでこんなに急いでいるのか分からないながら、それでも一刻も早く校舎裏へ駆けつけないと、と前から来る人を避け、『東九条！　走るなっ！』という先生の声を無視して走る。ようやく校舎裏が見えてきたところで、声が聞こえてきた。

「ちょっと！　聞いてるの、桐生さん!!」

「そうよ！　なんとか言いなさいよね！」

「可哀想だと思わないの？　美幸、ずっと好きだったんだよ、中山君のこと！　横取りなんかするんじゃないわよ！　美幸、貴方も何か言いなさい！」

「う、うん。桐生さん！　な、中山君をとらないでよ！　どうせ色目かなんか使ったんでしょうけど、貴方には中山君は似合わないわ！」

話の展開は……まあ、読めないワケじゃない。恐らく、その中山君という件の男の子、桐生のことを憎からず想っており、そんな中山君のことを美幸さんとやらは好きだったんだろう。なんのことはない、単純な痴情のもつれか。

「……」

……まあ、これならさほど問題ないか。瑞穂のヤツ、『桐生先輩がシメられる』ぐらいの勢いで来たからちょっと焦ったが。

「……まあ、常識で考えて、ないか」

そうはいってもウチはそこそこの進学校だ。どんなに気に食わなくても、流石に暴力沙汰に出ることはないだろう。そう考えると少しだけ安心した俺は、むしろ中山君のことが気になってきた。だって、悪役令嬢だぞ、桐生。よくもまあ、そんな桐生を憎からず想ったものだ。勇者か、中山君。それともアレか？　まさか桐生、その中山君には悪役令嬢じゃない表情を――

「ごめんなさい……中山君って、誰だったかしら？」

――うん、見せてないな。つうか、そもそも認識すらしてないじゃねーか、アレ。そんな桐生の言葉に、美幸さんとやらがヒートアップする。

「な、中山君よ！　ホラ！　野球部の次期エースの！　何知らないフリをしてるのよ！　とぼけないで！」

「別にとぼけてなんかいないわよ？　単純に記憶にないだけ」

「き、記憶にない!?　馬鹿じゃないの！　そんな言い訳、通じると思う？」

「言い訳じゃなくて、本当に記憶にないのよ。私、正直記憶力は貴方たちよりある方だと思うけど……そうね、印象の薄い人なのかしら？」

「印象薄いわけないでしょ！　野球部の次期エースよ！」

「ごめんなさい。別にそんな肩書、これっぽっちも興味はないわ。だから、その……清水美幸さん、だったかしら？　貴方の好きな人をとることなんてしないから、どうか安心してくれるかしら？　私、興味ゼロだから」

朗報。『美幸さん』の名字が清水だった件。正直、クソどうでも良い。

「ふ、ふざけるんじゃないわよ！　どうせそんなこと言いながら色目でも使ったんでしょう！」

「なぜ私がそんなことをしなければならないのよ？　さっきも言ったでしょ？　興味なんてカケラもないの」

「嘘よ！」

「……どうすれば良いのよ」

聞こえてはこないが、桐生の疲れた様な言葉からため息を吐いたであろうことは想像が付く。あかん、桐生。それ、逆効果のヤツや。

「っ！　なによ！　ちょっと可愛いからって調子に乗って！」

「あら？　別に調子には乗ってないわよ？　私が可愛いのは事実ですもの。そうね、この際だから言っておくわ。私が可愛いのは事実で、真実。でもね？　私が可愛いのは別に生まれついて容姿が優れていたわけじゃないの。私、朝は弱いけど起きたらジョギングしてるし、甘い物や間食は控えているわ。清水さん？　貴方はそういう努力をしているのかしら？　その……山中君？」

「中山君よ！」

「その中山君に好かれる為に努力をしているのかしら？　容姿を磨くためでも良いし、勉強を頑張って教えてあげるのも良いでしょう。もしくは、運動を頑張って一緒にキャッチボールをしても良いんじゃないの？　野球部なんでしょ、中山君。よろこんでくれるんじゃないの？」

「そ、それは……」

「私なら、相手に好かれる為にそこまでやるわ。本当にその人が好きならね。少なくとも、こんなところでみっともなく、情けなく、およそ考えられる最も愚かな選択肢であろう『嫉妬して相手に噛みつく』なんてこと、絶対にやらない。だって、そんなことをしているのがバレたらその人はきっと、私のことなんて好きになってくれないと思うもの。私だったら絶対にごめんよ、そんな『愚かな人』は」

「……」

「そもそも、こんなことしてその中山君とやらを手に入れて貴方は嬉しいの？　ここで私が『分かりました、それじゃ中山君には手を出しません』って言って、そんな私のお下がりで満足できるのかしら？」

「お下がりって……貴方、やっぱり中山君のことを！」

「脊髄反射で反応しないでくれるかしら、虫唾が走る。喩えに決まってるでしょ？　そんなことも分からないの？　一から十まで全部説明しないと分かってくれないのかしら？　『私はこれから、例文を出します。ですが、怒らないで下さいね？　これは喩えですから』って？　貴方、義務教育は終えているのでしょ？　これぐらい、説明しないでも分かりなさいよね。ああ、まずは日本語から説明が必要かしら？」

「ちょ、ちょっと、あ、頭が良いからってそんな難しいこと言っても騙されないわよ！」

「本当に日本語の説明から必要なのかしら？　何度も同じ説明をさせないでくれる、疲れるから。さっきも言ったけど、私が成績優秀なのは、きちんと勉強しているからよ。貴方たちがカラオケだ、カフェだと遊び歩いている間も、弛まぬ努力を重ねた結果なの。それを何？　自分たちは大した努力もせずに、人の成果にのみ着目し、羨み、妬み、攻撃するの？　その中山君とやらが私の何処に惹かれたかなんて知る由も、興味もないけど……その惹かれた部分の全ては私が、私自身が努力をして手に入れたものよ。そうね、はっきり言っておくわ？　自身を高める努力もせず、それでも成果だけは得ようとする人間なんて、人間として下等も良いところよ。そんな人間は――」

向こうから、まるで冷気の様な『圧』がくるのが分かった。

「――唾棄すべき、人間よ？　反省して、出直してきなさい。いつでも、叩き潰してあげるわ？」

しーんと静まり返る校舎裏。ここからは見えないが……逆に、見えなくて良かったのかも知れない。しばらくして、しゃくりあげる清水さんの声が聞こえてきた。

「み、美幸」

「そ、その……き、桐生さん！　貴方、泣くまで言うことないじゃない！」

「あら？　そうかしら？　三人で囲んで好き放題言う為に私を校舎裏に呼んだんじゃないの？　敢えて喧嘩を売るような猿みたいな真似するつもりはないけど、売られた喧嘩は買うわよ、私？」

「だ、だとしても言い方があるじゃない！　美幸、泣いてるのよ！」

「この程度で泣くぐらいなら、最初から喧嘩なんか吹っ掛けてこなければ良いでしょう？　馬鹿じゃないの？」

「っ！　も、もう良い！　行こ、美幸！」

「そ、そうだよ！　ホラ、泣かない！　美幸、行こ！　桐生さんなんか放っておいて！」

そう言ってバタバタと走る足音が……って、やば！

「っ！　だ、誰よ、アンタ！」

「何盗み聞きしてるのよ……美幸！　泣かない！　もう良い、行こう！」

最後に俺を睨みながら、女子二人は恐らく清水さんであろう泣いている女の子を抱えて走る。

そんな姿を見ながら。

「――誰かいるのかしら？　盗み聞きなんて、趣味が悪いわね？」

校舎裏から声が聞こえてくる。

「……いつまでそこでこそこそ盗み聞きするつもりかしら？　さっさと顔を出しなさい。どこの誰かは知らないけど、良い趣味じゃないわよ？」

「……」

「……聞こえないのかしら？　さっさと顔を出しなさい!!」

……仕方ない。これは、出ていくしかないか。

「……よぉ」

流石に怖いので、そっぽを向いて姿を出すことに。そんな俺の姿に、桐生から声が掛かる。

「やっと顔をだ……し……た？」

その声が、途中で止まる。

「……」

「……ひ、東九条君？　え？　み、見てたの？」

「……見てはない。聞いてはいたが……そ、その、すまん。盗み聞きするつもりはなかったんだが……瑞穂が、桐生が校舎裏に連れていかれたって聞いて……心配だったんで、ちょっと」

「……」

「……」

「……き、桐生？」

「……」

「……え、ええっと」

「……どこ、から？」

「どこからって――って、桐生？」

不意に聞こえる、弱弱しい声。その声は、先ほどまで同い年の女子を罵倒していた人間とはとても同じ声とは思えず、俺は桐生の顔を見て。

「――って、お前！　な、なんで泣いてるんだよ！」

「ど、どこから？　答えて!!」

「いや、答えてって！　それより泣きやめよ！　ちょ、どうしたんだ！」

「良いから！　お願い！　答えてよ!!」

泣きながら、まるで縋る様にそう声を掛けてくる桐生。

「……『ちょっと聞いてるの』ってところから。まあ……たぶん、殆ど最初からじゃねーか」

俺の、その言葉に。

「――っ！」

何も言わず……瞳に涙を湛えながら、桐生は俺の横を通り過ぎて走り去る。その背を慌てて追う。

「ちょ、桐生！　待てよ！」

「来ないで！」

運動神経抜群の桐生。女子とは思えないほどのスピードで駆け抜けていったが……まあ、それでも俺だって元運動部だ。なんとか追いついて、桐生の右腕を掴まえた。

「離して！」

「離せるか！」

「大声、出すわよ！」

「おま、それはマジで勘弁」

校舎裏で涙目の女の子ウィズ冴えない男子が右腕を握りしめる。完全にアウトです、どうもありがとうございました。

「そうよ！　私がここで大声出したら、貴方、最悪停学まであるわよ！　私があることないこと言ったらね！　それがイヤなら離しなさい！」

「イヤに決まってんだろうが！　停学なんて勘弁だよ！」

「じゃあ！」

「でもこの手を離すのもイヤなんだよっ！」

「だからなんでよ！　関係ないでしょ！　放っておいて！」

「関係ないって……あのな？　俺とお前、許嫁だろ？　関係ないわけないだろうが」

「そうだけど……所詮、形だけよ！」

「そっか」

……そっか。形だけ、か。そんなこと言うんだな、お前？

「……お前さ？　俺と『楽しく』やっていきたいって言ってたよな？」

「……」

「図書館にも行ったよな？　散歩にも一緒に行ったよな？　お祭りだって行ったし……あれ、『楽しく』なかったか？」

「……」

「俺はすげー楽しかったぞ？　いや、まあ……祭りなんかは正直ちょっと困ったけど……でも、すげー楽しかった。また行きたいって思う程、凄く、凄く楽しかったんだ。それって、どういうことだと思う？」

「……知らない」

「……俺はさ？　きっと、お前のことが『気に入ってる』んだよ。まあ、恋愛感情抜きにして『好き』なんだよな。そんじゃさ？　そんな『好き』な子が泣いていて……ああ、そっか。この言い方は若干、自意識過剰かも知れんし……まあ、ズルいとは思うけどさ？」

一息、言葉を溜めて。

「——お前さ？　俺が泣いてて、放っておく？」

「……」

「……」

「……ズルいよ、東九条君。そんなの……ズルいよ」

「そっか。やっぱりズルい？」

「ズルい。放っておけるワケ、ないもん」

「だろ？　だからまあ……こうして手を摑んでるわけです。なんで、大声とか出さないでいてくれると助かる」

「……」

俺の言葉にコクン、と頷いてみせる桐生。と、同時、お昼休みの終了を告げる鐘が鳴った。

「……お昼休み、終わっちゃった」

「だな。どうする？　お前、そんなウサギみたいな目で教室帰れないだろ？　折角だ。五時間目はサボっていこうぜ」

「そ、そんなのダメよ！　サボりなんて……それに、貴方は大丈夫でしょ？　私は目の腫れが引いたら戻るから」

「……あのな？　さっきも言ったけど、放っておけると思うか？　ここじゃ目立つから……そうだな、こっち」

手を摑んだまま、桐生を引きずって校舎裏へ。『ちょ、ちょっと！』と抗議の声が挙がるがフル無視を決め込み、辿り着いた校舎裏で戸惑う桐生をよそに、俺は壁を背にして座り込む。

「……汚れるわよ？」

「いいよ、別に」

「良くないわよ。掃除、誰がすると思ってるの？」

「交代制だろ？　ほれ、お前も座れ。共犯だ、共犯」

俺の言葉に呆れた様にため息を吐いた後、桐生は俺の隣に腰を降ろした。

「……近くね？」

「……イヤ？」

肩と肩が触れ合う程の距離。なんか、ちょっと緊張するぞ、おい。

「……」

「……」

そのまま、しばしの無言。流石に少し気まずいと思い、何かしゃべろうと口を開き掛けて。

「――あの、ね？」

「……おう」

桐生の方から口を開いた。

「……さっきの、聞いてたよね？」

「聞いてたな。たぶん、がっつり最初から」

「その……軽蔑、した？」

「軽蔑？」

「……あんなこと、言って。その……人を馬鹿にするようなことを言ってるのを聞いて……き、嫌いになった？」

「……」

軽蔑、ね。

「……いや、軽蔑はしてないぞ」

「……ホント？」

「嘘ついてどうする。まあ、言い方……というか、別に煽る必要はなくね？　とは思ったよ。思ったけど……そうだな、別に軽蔑はしてない」

なんていうか……もし桐生が『学園の聖女様』とかいうあだ名だったら、軽蔑まではいかなくても凄く驚いたかも知れん。

「……ちゃんと『悪役令嬢』なんだなって思った」

「……なによ、それ」

そう言って苦笑を浮かべる桐生。その後、少しだけ気まずそうに言葉を紡いだ。

「……自分でも分かってるのよ。前も言ったと思うけど、私、口が悪いし」

「……直せば？　自覚症状があるんだったら」

っていうかさ？

「お前、言うほど口悪いか？」

俺、そんな風に思ったことないんだが？

「……東九条君に口が悪い……というか、別に喧嘩腰になる必要ないもん」

「許嫁だから？」

「東九条君、私のこと嫌い？」

「嫌いじゃねーよ」

どっちかっていうと好きな部類だ。

「ありがと。私の口が悪くなるのは、私に悪意を向けてくる人と対峙(たいじ)するときよ。私も……そうね、煽ってる自覚はあるの。あるんだけど……」

「イキオイが付いて止まらない？」

俺の言葉に少しだけ悩んだように俯(うつむ)く桐生。その後、首を左右に振ってみせた。

「ううん。そもそも、止める気がないの」

「……止める気がない？」

「だって……私に向かう悪意って私の容姿であったり、成績であったり、運動神経だったり……後はまあ、家が多少裕福であることに起因することだもの」

「……」

「家が多少裕福なのはともかく……美しくないより、美しい方が良いと思って私は体型維持の為の努力は欠かさないし、成績だって頑張って勉強した結果よ。運動神経だって……私、正直どんくさい方だから。練習は欠かさないわ」

「そうなの？」

「幼稚園の運動会のかけっこではビリだったわ。それから毎朝六時に起きて、お父様と一緒にランニングして……次の年はかけっこ、一位だったわよ？」

「……昭和のスポ根みたいな話だな」

ってていうか、一番すげーのは豪之介さんじゃね？　毎朝六時に起きて娘とランニングって。

「……そんな私の努力を見ようともせずに、結果にのみ嫉妬する人間に対して優しく接することが出来る程、私は人間が出来ていないの。なんで、なんで、努力した私が、努力をしていない人間の側まで降りて、迎合して、自分を曲げてまで……ヘラヘラと笑って悪意を受け入れなければならないの？」

「悪意を受け入れるって……でもまあ、ヘラヘラはともかく、人付き合いの基本ではあるかな、とは思う。ああ、これは別に説教とかじゃなくて」

「分かる。言い方をオブラートに包んで接した方が、人間関係が円滑に進むってことでしょ？」

「そうだな」

「でもね、東九条君」

俺の目を、じっと見つめて。

「『楽』と『楽しい』は違うのよ」

「……」

「確かに、東九条君の言う様に接すれば人間関係は『楽』になるでしょう。受けた嫉妬に対して『そんなことないです、自分なんて』と謙遜すれば、それ以上の攻撃はなくて『楽』かも知れない。ひょっとしたら、友達だって出来るかも知れない。でもね？　そうやって自分を偽って生きていくのは」

——全然、楽しくない、と。

「……だから……私は口が悪いの。私自身が私自身であることを守る盾なの。そうじゃないと……『私』はきっと、『私』じゃなくなるから」

そう言って、少しだけ不安そうに俺の顔を覗き込む桐生。そんな桐生の表情に俺は。

「——ふぇ？　え!?　ひ、東九条君!?　な、何を!?」

知らず知らず、俺は桐生の頭を撫でていた。驚いた様に目を丸くし、その後耳まで真っ赤に染める桐生。

「な、なんで頭を撫でるのよ！　こ、子供扱い!?　それとも『頑張ったね、よしよし』みたいな感じなの!?」

「そうじゃ——ああ、まあそれもある。若い女の子が肩肘張って生きてきたのか～という……なんだろう？　単純に頭が撫でたくなった」

「た、単純にって」

「セクハラ？」

「訴えたら勝つわね」

「訴える？」

「訴えないけど……ま、まだ撫でる？」

「そうだな。もうちょっと良いか？」

「い、良いけど……」

そう言って頬を赤く染めて、そっぽを向く桐生。頬が膨らんでいるのは別に怒っているわけではないんだろうことは俺の手をどけないので分かる。そんな桐生の姿をにこやかに眺めて。

「……そっか」

ああ、と。

なるほど、と。

「東九条君？」

訝しむ表情を浮かべる桐生に、俺はようやく。

「──お前、凄いな」

悪役令嬢、と呼ばれ。

初対面で罵られ。

それでもなんで、俺はコイツのことをそこまで嫌いになれなかったのか、その理由にようやく思い至る。途中から仲良くなったとか、ちゃんと謝罪してくれたとか、そんなことじゃなくて。

「……別に凄くなんてないわよ」

「いや、凄い」

「凄いって……何がよ？」

きょとんとした顔で、こちらに視線を向ける桐生。その視線に、俺は胸中で少しだけため息を吐く。情けないし、格好悪いが……でも、今の俺には桐生にどうしても伝えたいことがある。

「――なあ？　ちょっと俺の昔話を聞いてくれないか？」

俺の言葉に訝し気な表情を浮かべてみせる桐生。

「……昔話？　東九条君の？」

「ああ。まあ、情けない話だが……聞くか？」

「……いいの？」

「良いに決まってんじゃん」

そもそも、俺から聞いてくれって言ったんだし。そんな俺の言葉にコクンと頷く桐生に、ゆっくりと言葉を紡ぐ。

「……俺が昔、バスケットをしてたのは言ったよな？」

「……川北さんが言ってたわね。凄く上手かったって」

「凄く上手かったかどうかはともかく……まあ、そこそこ上手かったのは確かだな」

「国体選抜候補でしょ？　上手かったに決まってるじゃない」

「そっか。まあ、少なくとも通ってた中学校では一番上手かったかな？　エースって呼ばれてたし……一年からレギュラーで、試合でも活躍してた」

「……」

「……俺が初めてバスケットボールってスポーツを見たのは小学校一年の頃だ。今でも、あの日の光景は鮮明に思い出せる。その日、俺らは暗くなるまで遊び呆けてたんだ」

小学校に上がり、新たな友達ともようやく仲良くなった夏休み前。日が高い夏の日に俺達はすっかり時間を忘れて校庭で遊び呆けて、気が付けば辺りはすっかり薄暗くなっていた。そうはいっても小学校一年生。暗闇が迫る恐怖と、こんな時間まで子供だけで遊んでいたことを、親にきっと叱られるという恐怖から俺も俺のツレもすっかり涙目になって。

「……泣きべそを掻いていた俺と友達の前で、急に体育館の電気が煌々と灯ったんだ。何事か、と思った俺らが慌てて体育館のドアを覗いたら」

そこで、今まで見たことのないスポーツに興じている人々を見た。

「小学生からしたら広い体育館の中を所狭しと走り回る、自分と同じぐらいの年齢の子供たち。最初こそ何をしているんだろうと訝しんだけど……」

そこで一人の少年のプレーに目を奪われた。

「俺よりは少し年上のその少年が、自分の頭ほどあるオレンジ色のボールを、まるで自分の手足かの様に器用に操り、自分よりも年上だろう少年を置き去りにし、やすやすとゴールを決めたんだ」

その姿のなんと華麗で、美しいことか。

「……結局、心配した俺の母親が俺を見つけるまで、俺はその場で立ち尽くし、ずっとその少年のプレーを目に焼き付けていたんだよ。心臓がずっとバクバクいって、うるさいぐらいに興奮した」

「……」

「俺の憧れの人だな。川北誠司さんっていうんだが」

「川北さんって……」

「瑞穂の兄貴。誠司さん。今も大学でバスケやってる」

　そのプレーが頭から離れなかった俺は直ぐに母親に直訴して、誠司さんの所属するミニバスのチームに入れてもらった。

「誠司さん、無茶苦茶上手くてな。ポジションこそ違うけど、ずっと憧れで一緒に練習させてもらってた。それから暫くして智美も入ってきて、一年経ったら瑞穂も入ってきて……最初、瑞穂のことを川北って呼んでたら、誠司さんに『紛らわしいから浩之は瑞穂って呼べ』って言われてな」

　少しだけその時を思い出し微笑む。

「……毎日、凄く楽しくてな。自分がちょっとずつ、でも確実に上手くなっていくのが実感できて。そうなると、スポーツ……に限らねーか。なんでもそうだけど、出来ないことが出来る様になったら楽しいじゃん？」

「……そうね」

「だからな？　俺は毎日練習してた。苦しい練習とかもそりゃあったけど……でも、凄く楽しい日々だったんだ」

　メキメキと実力を付けていった俺は地元の中学校に進学する。普通の公立中学校、まあぶっちゃけさして強くもなく……俺は当然の様にレギュラーになった。

「俺が中学校二年に上がってすぐの時かな？　俺は国体選抜候補に選ばれた。すげー嬉しかったよ。涼子も智美も瑞穂も、それに誠司さんも喜んでくれた。中学校のチームメイトも、凄く喜んでくれたんだ。『これで全国大会に行けるな！』なんて気の早いことを言い出す奴もいて……俺もすっかりその気になってさ？　練習もそれまで以上に頑張って」

そして――壊れた。

「……浮きこぼれ、って知ってるか？」

「……ええ」

「感じが悪いのは百も承知で言うが……ああ、そうだな。もう、誤魔化しはなしだ。俺は上手かったんだよ。その中学校では圧倒的に、誰よりも――先輩達よりも」

「……そうなの？」

「俺の通ってたミニバスのチームの連中はさ？　俺と智美以外、みんな別の中学校に進学したんだよ。だから、先輩たちも皆中学校からバスケをはじめた人ばっかかだったから。経験値が違うさ」

丁度学区の境目だからな、俺と智美の家は。

「だからまあ……そんな先輩たちは俺にムカついてて……ある時、部室で先輩に殴られたさ。『お前のせいでレギュラーから落ちた』ってな」

「……本当に、唾棄すべき人間ね、その人。私がその頃貴方に出逢ってたら、引っ叩いてやったわ！」

憤慨した様に赤い顔をして怒る桐生。その姿がなんだか嬉しくて、俺は先ほどよりも優しく桐生の頭を撫でる。

「……あんがとよ。でも、大丈夫。それは智美がやってくれた。涼子も怒ったし、瑞穂もな。それに、誠司さんもわざわざ注意しに来てくれたんだが……それが余計に癪に障ったみたいでな?」

「……胸糞悪い話ね」

「女の子が糞とか言うな。まあ、癪に障った諸先輩方からちょこちょこ嫌がらせはされたが」

「……だから、バスケットをやめたの?」

桐生の言葉に俺は小さく首を振る。

「……違うの?」

横に。

「別に、先輩方なんて知ったこっちゃねーと思ってたんだよ。俺らの代で頑張ればいい、どうせこの人たちは夏でいなくなる。そうなれば、俺らの時代だって……そう思ってたんだ」

「……」

「チームの雰囲気は最悪だったが、それでもバスケは楽しかったから続けた。夏の大会が終わり、先輩たちがチームを去って俺がキャプテンになった」

今考えると最悪な人選だと思う。顧問はきっと俺のバスケの実力だけ見て決めたんだろうけど……まあ、見る目がなかったんだろうな。バスケ、素人だし。

「……俺はキャプテンになって自分で練習メニューを組み立てたんだ。どんなチームと当たっても勝てるよう、全国制覇とはいわないまでも……せめて、全国大会に出場できるぐらいのチームにはしたいって……笑う？」

「……聞いてみないと分からないわよ」

「だよな。自分でも相当ナルシストだとは思うんだが……当時の俺は『俺が五人いれば、全国ぐらいは行ける』って思ってたんだ」

「……笑わないわ。貴方は、そう思っていい実力があったんでしょうから」

「さんきゅ。だから、練習メニューは俺がいつもやってるメニューにした。シュート練習もランも持久走も……俺は試合に勝つためのメニューを選んだ。スポーツってさ？　やっぱり勝ってなんぼだと思うんだよ」

「レクリエーションでないのなら、答えは是ね」

「部活レベルではきっと、勝つ方が良いと思ってたんだよ、俺も。だって、そうじゃないと『楽しく』ないから。そう、思ってたんだけど」

「……」

「……チームメイトに言われた。『お前と一緒にするな。ちょっと才能があるからって、皆が皆、お前と同じ様に出来ると思うなよ』ってな」

「……」

「……正直、ショックだった。俺はバスケが好きで、頑張ってきた。皆もバスケは楽しいって言ってた。なのに、同級生に……『仲間』にそんなこと、言われるんだって。じゃあ、今まで楽しいって言ってたのはなんだったんだよって……そういう風に思ったんだ」

「……そう」

「でもな？　それでも俺はこのチームで頑張りたいって、そう思ったんだ。バスケは好きだったし、そう言われても……基本、気の良い奴らだったからな」

「そうかしら？　気が良い人間は努力している人間をそんな風に言わないんじゃない？」

「俺にも悪いところがあったんだよ。練習メニュー、確かに厳しかったし。後輩には『東九条先輩、鬼っす』って言われてたしな。だから、同期は後輩の言い分を俺に伝えてくれたんだよ、きっと」

「……貴方がそう言うなら、何も言わないけど」

「……それで、俺は練習メニューを少し変えた。具体的には『楽』にしたんだ。シュート練習も、ランや持久走のメニューも減らして、毎日ミニゲーム入れてな。皆、喜んだよ。『バスケはやっぱり楽しい』って、サボりがちだった奴も徐々に練習に出てくる様になった」

「……」

「……迎えた新チームになっての初めての公式戦である新人戦で、俺らは負けた。人のことは言えないけど、相手は聞いたこともない弱小校に、だ。そら、そうだろ？　持久走してないから後半は俺らのチームはバテバテだし、シュートも入らねー。勝てるわけないんだよな。俺は悔しくて悔しくて……泣きそうになるのを必死に堪えたんだよ」

ため息、一つ。

「──でも、チームメイトはそうじゃなかった」

「……でしょうね」

「分かるか？　そうだ。俺らのチームメイトは笑ってたんだ。『善戦だった』『よく頑張った』って。その姿見て……なんだろうな？　これ、俺の好きなバスケットじゃないって思ったんだよな」

「……」

「……その姿を見て違和感を覚えながらもバスケを続けたんだけど……どうしても、自分の中でしっくりこなかったんだ」

「勝てないから？　勝てない練習をしているから？」

「そうじゃない。そうじゃなくて」

そうじゃなくて。

「『本気』を『手抜き』している、から」

「……」

「俺が大好きだったバスケットを、俺は裏切り続けてる気がしたんだ。それでも、チームメイトは毎日楽しく練習してる。試合になれば頑張るし、勝てば喜び、負ければ悔しがる……違うな、悔しがるふりをする。俺、なんだか自分が何をしているか分からなくなってきて……だから、中三に上がる前にバスケ部やめたんだ。このままじゃ、俺が俺じゃなくなる気がしてさ」

そこまで喋り、ゆるゆると息を吐く。

「……結局俺はな？　桐生みたいに出来なかったんだよ。頑張ることを……誰にじゃなく、自分自身で頑張ることを――諦めたんだ。俺は、弱い人間だから」

――きっと、俺たちはよく似ている。

全方位に努力をし続け、高みを目指す桐生と。

一方位に努力をし続け、高みを諦めた俺と。

進み方は違えども、歩む道は、同じ。

「俺はお前の生き方が、純粋に凄いと思う。格好いいと、そうも思う」

きっと、その姿は――誰にも慮ることなく、自身が求める道を突き進むその姿は、俺がかつて諦めた、道だから。

「だから――最初の質問に戻るな、桐生？」

そう言って、俺は瞳を揺らす桐生と目を合わせて。

「――お前のことを軽蔑することなんて、ありえない。胸を張れ、桐生彩音。お前の生き方は絶対に間違っていない。誰にも気を遣う必要なんてない。お前はお前の、好きなように生きろ。やりたいように生きろ」

それでも。

「それでももし、お前がその生き方が疲れると、もう無理だと言うのなら」

その時は。

「俺がお前を、全力で支えてやる。許嫁として」

――もしかしたらそれは、代償行為なのかも知れない。

自身が諦めた道を突き進む桐生に、もっともっと進んでほしいと願う、我儘（わがまま）なのかも知れない。

「……たぶんな、桐生。俺はお前に憧れてたんだよ」

たまに、思う。

もし、あそこで誰にも迎合（げいごう）することなく、生きていけたらと。バスケットを続けていたら、もしかしたら俺はもっと高みを目指させていたかも知れない、と。そして、その道を突き進む桐生の手助けをしてやりたいと、そう思う。俺に何が出来るかなんて分かんないが……それでも、疲れた時に寄り掛かることの出来る存在にはなりたいと思う。

「……いいの？」

「いいよ」

「私は……私は、このままで……良いの？」

「ああ」

「東九条君は……東九条君は！」

そんな私を見て。

「――嫌いに……ならない？」

お願いだから、と。

「離れて……いかないで」

潤んだ瞳でこちらを見つめる桐生。俺は、精一杯の優しさを込めて、桐生の頭を撫でる。

「――たとえ、世界中の皆がお前を間違っていると、認めないと言っても――俺は、お前の味方だ、桐生」

涙腺が決壊したのは、すぐだった。

「ぐす……ひく……」

「……泣くなよ」

「だっ、だって……ぜ、絶対、嫌われたと思ったんだもん……あんなキツイ子、絶対東九条君が離れていくって……そ、そう……ひっく……思ったんだもん……」

「離れていかねーよ。心配すんな。そもそも、許嫁だろ？」

「そ、そんなの……か、形だけじゃん！　……ひっく……よ、良かったよ……」

心から安堵した様に笑みを作り――失敗。泣き笑いのままの顔でこちらを見上げる桐生に、俺も微笑みを返す。

「ほれ。泣きやめ、桐生」

「う、うん……ぐす」

「だー！　もう、泣くなよ？」

「だ、だって……わ、私、ずっと頑張ってきて……で、でも、その努力は誰にも認めてもらえなくて……ずっと、嫉妬されて、悪意にさらされて、馬鹿にされて……そ、それでも頑張ってきて！」

だから、と。

「東九条君が、私を……ひっく……み、認めてくれて！」

それが。

そのことが。

「とっても……とっても……嬉しいもん。涙だって……出るよぉ……」

「……そうだな。お前、頑張ってきたもんな。えらい、えらい」

「子供扱いするなぁ……」

「あー……わりぃ。そうだな。それじゃ」

「撫でるの、やめるなぁ！　もっと撫でろぉ！」

「……どないせいと」

我儘姫となった桐生さん、下を向いたまま俺の手に頭をぐいぐいと押し付けてくる。なんだか猫がすり寄ってくるようなそんな仕草を眺めることしばし、桐生は袖口（そでぐち）でぐいっと涙を拭いた。

「……ん！　もう大丈夫！」

「……随分（ずいぶん）と男前な涙の拭き方だな。もう良いのか？」

「うん、もう平気。その……東九条君のおかげで」

「……そうかい」

そりゃ良かったよ。元気が出たなら、慰めた甲斐もあったってもんだ。そんなことを思っていると、丁度五時間目の終了を告げるチャイムが鳴った。

「……まるまる五時間目、サボっちゃったね」

「そうだな。このまま六時間目もサボるか。どうせ数学だし」

「数学だしって……」

「なんか今日は面倒くさくなったしな。ホームルームだけ出て帰ろうぜ？」

「……なんか、ごめんね？」

「いいさ。丁度サボりたい気分だったし」

にしても……座りっぱなしで腰が痛い。背もたれがコンクリートということもあって、体中がバキバキいってる。少しだけ体を解そうかと思い、立ち上がったところで。

「東九条君」

「ん？　どうした？」

「さっき、貴方は私に言ってくれたわよね？　自分は弱い人間だ、と」

「……まあな。そうだろ？　俺は弱くて……そして、お前は強い。自分自身を貫けるお前は

「そうじゃない、と私は思うわ」

──」

「──そうじゃない？」

ええ、と一つ頷き。

「貴方はバスケをずっと頑張ってきたんでしょ？　辛い練習を耐えて、厳しい環境でチームを纏めようと、努力したんでしょ？」

「……まあな。失敗したけど」

「ううん。失敗じゃない」

「失敗だよ。だって、練習を手抜きして、『楽』な方に逃げたんだぞ？　努力することをやめた俺は、きっと弱い人間で――」

「――それは『弱い』んじゃないの。貴方のは『優しさ』よ」

「……」

「きっと、苦悩もあったでしょ。このままで良いのかとも思ったでしょう。だって、そうでしょ？　貴方は言ったわよね？　『本気』を『手抜き』するって。私だって分かるわ。本気を手抜きすることは、どれほど辛いことか。でも、貴方は皆の為に練習を『楽』にしたのではなくて？　楽しそうに練習する姿を見て――本気を手抜きして、自分を押し殺してまで、貴方は皆のことを考えてたんじゃないの？」

「……」

「私にはきっと、その決断は出来ない」

「それは……桐生が強いから」

「いいえ。私が一人だからよ」

「……」

「自らのことを押し殺してまで、人の為に尽くすことの出来る貴方は、弱い人間なんかじゃない。貴方は優しい人間で――そんな、貴方の優しさが、私をも救ってくれた、そんな貴方の優しさが」

私は、大好き、と。

「だから――胸を張りなさい、東九条浩之。貴方は決して、間違ってなんかない。逃げたなんて、卑屈になる必要はない。貴方は貴方で良い。後悔なんてしなくていい。だから――これだけは言わせて？　何よりも、貴方の優しさに救われた、私に」

そう言って、桐生は胸を張って。

「――たとえ、世界中の皆が貴方を間違っていると、認めないといっても――私は、貴方の味方よ、東九条君！」

「……真似すんなよな」

「ふふふ。真似しちゃった」

目を赤く腫らしたまま、それでも悪戯っ子の様な『にしし』という笑みを浮かべてみせる桐生に。

――少しだけ、救われた気がした。

エピローグ　歩幅を合わせて、同じスピードで。

「……と、いうわけだ。分かったか？」

「……うっす」

「明日までに反省文、三枚な？　四百字詰め原稿用紙で」

「……我が家に四百字詰め原稿用紙なんてないんっすけど」

「ほれ」

　そう言って手渡されたのは、コピーされた四百字詰め原稿用紙だった。え？　何してるかって？

「これに懲りたら、これからはサボるなよ？」

「……はい」

「よし。それじゃ、帰れ」

　職員室で、怒られてます、はい。より正確には六時間目担当の数学の教師である担任、五時間目担当の世界史の教師との二人にこってり絞られて今終わったところだ。流石に、担任の授業をサボったのはまずかったらしく……結局、補習までさせられた。いや、自分の都合でサボった生徒の為にわざわざ補習までしてくれるなんていい先生だとは思うよ？　思うんだけどね？

「……ああ、そうそう、東九条」

「……なんっすか？　まだ怒り足りない……とか？」

「そういえば廊下を走っていたという情報が……」

「……勘弁して下さい」

「冗談だ。お前が遠藤先生に怒られている時に、桐生が来てな」

「……桐生が？」

遠藤先生は世界史の先生だ。この先生は補習こそなかったものの……山の様な課題プリントを渡された。

「『少し体調の悪かった私を、東九条君がずっと見ていてくれたんです！　だ、だから東九条君は悪くないんです！』って、直訴しに来た」

「……」

「目の辺り真っ赤だったけど、お前なんかしたの？　具体的には不純異性交遊的な」

「してないっすよ！」

頭撫でたのはセーフ……だよな!?

「冗談だ。にしても驚いたぞ？　あの桐生が、わざわざ誰かの為に頭下げに来るとは……」

「……先生の中でもやっぱりそういう認識です？」

「生徒の話題は耳に入るからな。『悪役令嬢』だろ？」

「……そうっすね」

「お前の為に必死に弁明する姿を見ていると、どこが悪役令嬢なんだと思わんでもないが……どう思う？」

「……ノーコメントで」

「まあ、そんな桐生に免じて授業の欠席は見なかったことにしてやる。遠藤先生にも後で言っておくから」

「……それなら補習なしでも良かったんじゃないっすか？」

「あほか。それとこれとは別。そもそもお前、数学の成績悪いだろうが。ウチに入れるぐらいだから、数学が全く出来ないわけじゃないんだろ？　他の皆に遅れないよう、きっちり補習は受けるべきなんだよ。そもそも俺のクラスになった時点で諦めろ。俺は数学で落ちこぼれは絶対に出さん。どんなことをしてもな！」

「……横暴っすね」

「おう。天英館(てんえいかん)高校のオレンジシャツのガキ大将と呼んでくれ」

そう言ってカラカラと笑った後、少しだけ声のトーンを落とす。

「……まあな？　若いうちに色々やっておくのは良いことだと思うぞ。別に、どんな理由があっても授業をサボるべきではない、なんてつまらんことを言うつもりはない。授業より大切だと思うことがあって、授業をサボるリスクが取れるんなら、自分で考えて選択すりゃいい。そのツケを自分で払えるならな」

「……教師の言葉じゃないっすね？」

「俺もそう思う。だが、心配するな！　数学サボったらガンガン補習組みこんでやるから！

それぐらいは俺が助けてやろう！　どうだ！　教師っぽいだろ！」

「……それは勘弁っす」

「そう思うなら、授業にはちゃんと出ろ」

「……うっす」

「よろしい。それじゃ、帰って良いぞ」

ひらひらと手を振る先生に頭を下げて、俺は職員室を後にする。既に午後五時。グランドの方では部活を一生懸命頑張ってる生徒がいるが、既に校舎内に人影はない。誰もいない校舎ってちょっと怖いよな、なんて思いながら俺は自身の教室の扉に手を掛けて。

「……なんでいるの？」

「待ってたからに決まってるじゃない」

俺の席に座って読書をする桐生の姿が目に入った。

「……悪い、待たせたな？」

「なんで疑問形？」

「いや……『待たせたな』で、良いのか？　コレ？　ってちょっと思ったから」

「別に謝る必要はないわよ。むしろこちらこそごめんんね。私のせいで。補習、お疲れ様」

「いや、それは良いんだが……」

なんでいるの？

「私のせいで東九条君、怒られたのよ？　それを待つのは当然じゃない？」

「いや、別に先に帰ってくれてて良かったんだけど……」

「そ、そうだけど……でも！　申し訳ないじゃない！」

「いや、別に桐生が申し訳なく思う必要はないぞ？　俺が好きでやっただけだから、その責任は俺にあるわけで、別に桐生に『責任取れ』なんて言うつもりはないぞ？」

「わ、分かってるわよ！　貴方がそんなこと言う人じゃないことぐらい、分かってるけど……そうじゃなくて！　もー！」

俺の言葉に、頰を膨らます桐生。『私、不満です！』と体現するような仕草のまま。

「……今日は……もうちょっと一緒にいたかったのっ！　それぐらい分かれ、バカっ！」

「……」

「……分かってるのよ？　どうせ家に帰れば逢えるのは。でもね、でもね？　なんか……す、凄く……寂しくて」

「……そ、そっか」

「だから……」

一緒に、帰ろ？　と。

「……おっけー、理解した。それじゃ遅くなるし、そろそろ帰ろうぜ？」

「う、うん！　……って、ちょっと待ってよ！　本、仕舞うから！」

「はいはい」

机の横のフックに掛けた鞄を手に取って、俺は桐生を待つ。本が傷まない様に丁寧に鞄に仕舞い、桐生も鞄を持って立ち上がった。

「お待たせ。それじゃ、帰りましょう？」

「そうだな。ホレ」

「なに？」

「鞄、持つぞ？」

「……ありがとう。でも、良いわよ。アレ、私嫌いなのよね。男性に荷物持たせるの」

「そうなの？　あれ？　俺、お前に本を二十冊キャリーさせられた記憶があるんですけど？」

「……重い物なら力がある方が持つのが理には適ってるんでしょうけど、自分で持てる物ぐらいは自分で持つわ。私、別に貴方に頼りっぱなしになりたいワケじゃないし……自分のことぐらい、自分でするわよ」

「そっか」

「ええ。貴方は……私を支えてくれるって言ったけど、支えられっぱなしは性に合わないわ。私は私で道を切り開いて進んでいくもの」

「……そっか」

「貴方の後ろを歩きたいんじゃないの。私は、貴方の隣を歩きたい。困った時、悩んだ時、隣に貴方がいてくれると思うのは――」

　きっと、何よりも心強いから、と。

「……だ、だから！　そ、その……ず、ずっと……そ、そばに、いてね？」

　頬を染めた、真っ赤な顔で。

「……りょーかい」

　――俺はこれからこの少女と歩んでいく。

　楽な道だけではないのかも知れない。苦しいことも、辛いことも、泣きだしたくなることもあるのだろう。

　……それでもまあ、なんとかなるんじゃないかって、そう思う。この――『悪役令嬢』としての強さを持った、桐生彩音という少女とだったら。

「……悩んだけどな、最初は」

「悩む？　何を？」

「何をって……そりゃ」

　――許嫁が出来たと思ったら、その許嫁が学校で有名な『悪役令嬢』だったんだけど、どうすればいい？　ってな。

「ま、いいじゃねーか。それよりホレ、帰るぞ」

「なんか凄く失礼なことを考えられている様な――って、早い！　待ってよ！」

「隣を歩きたいんだろ？　さっさとついてこい」

「偉そうに……ふんだ！　置いていくからね！」

「ちょ、バカ！　廊下を走るな！　さっき怒られたんだから！」

——さあ、歩んでいこう。

「だから！　走るなっ！」

歩幅を合わせて、同じスピードで。

番外編　悪役令嬢、桐生さん。

五時間目、そして六時間目を……まあ、サボってしまった私は東九条君と別れたその足で職員室へ向かった。『失礼します』と職員室のドアを開けると、室内で椅子に座って書類と睨めっこをしている目当ての人物の元に歩く。

「……先生」

「はい――あら？　桐生さん!?　貴方、大丈夫なの!?　五時間目と六時間目、教室にいなかったって聞いたけど!!」

書類から目を離した先生――担任である加賀あかり先生はこちらを驚いた眼で見つめてきた。大学卒業から二年、まだまだ『若手』でショートカットの似合う可愛らしい先生だ。そんな先生に見つめられて、私は小さく頭を下げた。

「……申し訳ございません、先生。ご心配をお掛けしました」

丁寧に頭を下げる私に、加賀先生は少しだけ驚いた表情を見せた後、小さく笑んでみせる。

「……うん。良いわ。普段真面目な桐生さんだもん。何か事情があったんでしょう？」

『頭を上げて』という先生の声に従い、上げた私の顔を見て先生が息を呑んだのが分かった。

……もう大丈夫と思ったけど、まだ目元が赤かったかしら？

「……何があったか、言える？」

心配そうにそう言う加賀先生。その言葉に。

『――たとえ、世界中の皆がお前を間違っていると、認めないと言っても――俺は、お前の味方だ、桐生』

頭の中で、東九条君の言葉がリフレインされて思わず頬が熱くなる。う、ううう……なんだか物凄く照れるんですけど！　だ、だってあれ……その……も、もう!!　東九条君のバカ！

「……少しだけ、体調不良で……」

でも、そんなことは言えず、そう言って目を逸らす私。そんな私に加賀先生は困った様な表情を浮かべた後、苦笑した。

「……そう。分かった！　それじゃ、そういうことにしておく」

そう言って笑う加賀先生にもう一度頭を下げる。今度は謝罪ではなく、色々事情を察してくれたのであろうその心遣いに感謝をするために。

「……まあ、授業を休んだのは褒められたことじゃないけど……今の桐生さんの顔を見る限り、すっきりした顔をしているし……悪いことじゃないんでしょ？」

「……はい」

「おおっと、『体調不良』だったっけ？　それじゃ、悪いことか」

簡単に自白する私に、加賀先生は楽しそうに、それでいて少しだけ揶揄った様に笑ってみせる。自分でもびっくりするくらい易々と引っ掛かったことに少しだけ驚きながら……それでも、私も笑顔を見せる。お茶目ね、加賀先生。

「……はいっ！」

「もう！　嬉しそうに笑わないの！　全く……」

笑顔を呆れた様な苦笑に変える加賀先生に、私も同じように笑顔を苦笑に——じゃなかった!!

「せ、先生！　その、私が授業を休んでしまったのもそうですけど……」

そう。

私自身、別に——というと語弊があるだろうが、授業をサボってしまったことにさして罪悪感はない。正直、一回や二回の授業を休んだところで授業についていけるからだ。だが。

「そ、その……赤城先生は……」

赤城先生、とは東九条君の担任の先生。私のクラスでも数学を教えてくださっている先生で、生徒人気も高い先生。

「赤城先生？　赤城先生に用事があるの？　赤城せんせーい」

そう言って加賀先生が赤城先生に声を掛ける。教員室の奥、ペンを走らせていた赤城先生は加賀先生の声に気が付いたのか、顔を上げてこちらに近付いてきた。

「どうした、加賀先生？」

「桐生さんが話があるらしいですよ、赤城先生」

「桐生が？」

訝し気な表情でこちらを見る赤城先生。そんな赤城先生に向かって私は口を開く。

「すみません、赤城先生。今日、東九条君が五時間目と六時間目、授業をお休みしたかと思うのですが……」

「……ああ。ったく、あのバカ。担任の俺の授業を堂々とサボりやがって……」

一転、訝し気な表情から苦々し気な表情に変わる赤城先生。その姿に、私は慌てて頭を下げた。ご、ごめんなさい！　それ、東九条君悪くないんです!!

「す、すみません！　それ、私のせいなんです!!」

その気持ちのままに誠心誠意頭を下げる私に、訝し気な声が頭上から振ってくる。

「……何？」

「そ、その……お昼休みに少し体調の悪かった私を、東九条君がずっと見ていてくれたんです！　だ、だから、東九条君は悪くないんです！　全部、私のせいですので!!　その……ひ、東九条君を怒らないで上げてください!!」

職員室中に響き渡る声でそう言って、もう一度頭を下げる。注目が集まって、少しばかり恥ずかしいが……好都合だ。これで、『東九条君は悪くない』と先生方に思ってもらえれば儲けものだろう。

「……はぁ。頭上げろ、桐生」

頭上から、困った様な赤城先生の声が聞こえてくる。その声に頭を上げると、そこには困ったような表情を浮かべる赤城先生の姿があった。

「……あいつ、そんなこと一言も言ってなかったぞ？　桐生の面倒見てたなんて聞いてもねーし……『すみませんでした』としか言ってなかったんだが？　本当の話か、それ？」

「……あ」

……なんだか、胸の奥が温かくなる。そっか……東九条君、黙ってくれてたんだ。私のことをなんにも説明せず、ただ、自分だけが怒られたんだ。なんだかくすぐったい様な、照れ臭い様な、そんななんとも言えない感情に翻弄されていると、赤城先生が困ったような表情を呆れた様な表情に変えてみせた。

「……何嬉しそうな顔してんだよ、桐生。あー……なるほどな～。そういうことか。何格好つけてたんだよ、東九条は。ったく……言えば少しは情状酌量の余地もあったのに……あのバカたれが」

疲れた様にため息を吐いて、赤城先生はちらりとこちらに真剣な視線を向ける。その視線に居住まいを正して――

「……ちなみに聞くけど、東九条に脅されてるとかは……ないよな？」

「ありません!!　東九条君に失礼でしょう!?」

――びっくりした。なんてこと言うのよ、この人!!　思わず睨みつける私に、慌てた様に赤城先生は両手を振ってみせる。

「うお！　わ、わりぃ！　べ、別に俺だって東九条がそんなことをするとは思ってないんだ！

思ってないんだが……ほれ、お前、泣いた後みたいに目の周り赤いだろ？　だから、東九条になんか――うぐぅ！」

喋りかけた赤城先生の言葉が途中で止まる。なぜかって？　加賀先生の『ぐー』が赤城先生のお腹にめり込んでいたからだ……って、か、加賀先生!?　ヴァイオレンスじゃないかしら!?

「……デリカシーがなさすぎです、先輩。だからモテないいんじゃないんですか？　女の子が泣いた後の眼をして、自分から何も言わなかったら言いたくないことに決まってるじゃないですか。聞きます、フツー？」

「……先輩の鳩尾に裏拳叩き込むおめーに言われたくねーよ。だからモテないんじゃねーのか、お前？」

ケホケホとせき込む赤城先生に、加賀先生がじとーっとした目を向ける。え、ええっと……

「……仲、宜しいのですか？」

「高校の先輩後輩なのよ。ちなみに私も赤城先生もここの卒業生よ」

「……これが仲良く見えるんなら桐生、良い眼科紹介するぞ？」

なんでもない様にそう言う加賀先生と、胡乱な目を向ける赤城先生。が、それも一瞬、赤城先生はコホンと咳払いを一つ。

「……まあ、俺も東九条がそんなことをする様な奴とは思ってない。思ってないが……これでも教師だからな。一応、聞いておく必要もある。悪く思うな」

「……はい」

「桐生の話は分かった。東九条のことについては……まあ、こっちでなんとかしておく。心配するな、悪い様にはしないから」

「はい！　よろしくお願いします!!」

もう一度、私は丁寧に腰を折る。その姿に、赤城先生が息を呑んだのが分かった。

「……なんでしょうか？」

訝しんで顔を上げれば、そこにはなんとも言えない表情を浮かべる赤城先生の顔が。

「あー……いや、桐生がそんなに頭を下げる姿を初めて見た気がしてな？」

「……ああ」

「その、なんだ。お前は……こう、人のことなんか気にしないタイプかと思ってたから……すまんな、変な顔をして」

……ああ。

「……悪役令嬢、ですものね、私」

その言葉に渋面を作ってみせる赤城先生。

「……まあな。正直、今のお前を見ているとそうは思えんが……」

そう言って『皆、何を見ているんだか』と首を傾げる赤城先生。いえ、先生？　きっと、皆が思ってることってそんなに外れてないと思いますよ？

「……まあいい。ともかく、東九条のサボりについては不問に付す……とは言わんが問題にならない様にはしておく」

「ありがとうございます！」

「……わざわざ優等生の桐生が頭下げに来たんだ。変なことはしてないだろうしな。具体的には不純で異性な交遊とか」

「先輩!!　何言ってるんですか！　セクハラですよ!!」

赤城先生の言葉に非難の言葉をあげる加賀先生。そんな加賀先生に肩を竦め、赤城先生は言葉を継いだ。

「俺個人としては別に男女交際には反対しないし、『何があっても授業には出ろ！』なんてつまらんことを言うつもりもない。教師失格だろうけど、別に学校なんて授業聞くだけの場所じゃないしな。授業をサボるリスクが取れるんならそうしてもらっても構わない。義務教育じゃねーしな。ただな？　桐生は良くても東九条は決して成績の良い生徒じゃない」

「……はい」

「桐生と同じ様に授業をサボると、きっとあいつはついてこられなくなる。まあ……その辺考えて相手してやってくれ」

そう言ってひらひらと手を振ってこちらに背を向ける赤城先生にもう一度頭を下げて、私は加賀先生に向き直る。

「加賀先生もありがとうございました」

「ううん。赤城先生じゃないけど……私もそう思うわ。桐生さんは優秀だと思うけど……勉強だけするところじゃないしね、学校って」

「……はい」

「たまには怒られるぐらい、羽目を外してみるのもある意味では勉強だと思うわ。だから……今回は不問に付すけど、次回はしっかりきっかり、怒ってあげるから」

そう言って『おっと、体調不良だったかしら？』と笑う加賀先生に苦笑を浮かべて頭を下げ、私は職員室を後にした。

「……なんでいるの？」

東九条君の席に座って読書をしていると、職員室から帰ってきた東九条君が目を丸くしてこちらを見ている姿が目に入った。

「待ってたからに決まってるじゃない」

「……悪い、待たせたな？」

「なんで疑問形？」

「いや……『待たせたな』で、良いのか？　コレ？　ってちょっと思ったから」

困ったように首を捻る東九条君。そんな東九条君に、小さくため息を吐いてみせる。何よ？　待ってたら悪いかしら？

「別に謝る必要はないわよ。むしろこちらこそごめんね。私のせいで。補習、お疲れ様」

「いや、それは良いんだが……なんでいるの？」

首を捻ってそういう東九条君。なんでいるのって……

「私のせいで東九条君、怒られたのよ？　それを待つのは当然じゃない？」

——それは、小さな嘘。

「いや、別に先に帰ってくれてて良かったんだけど……」

「そ、そうだけど……でも！　申し訳ないじゃない！」

「いや、別に桐生が申し訳なく思う必要はないぞ？　俺が好きでやっただけだから、その責任は俺にあるわけで、別に桐生に『責任取れ』なんて言うつもりはないぞ？」

「わ、分かってるわよ！　貴方がそんなこと言う人じゃないことぐらい、分かってるけど……そうじゃなくて！　もー！」

……はあ。なんでこの人、こんなに鈍いんだろう？

わざわざ、女の子が約束もしないで待ってたんだよ？

今日のこと、本当に嬉しかったんだよ？

分からない？　この、胸の裏側を擽られる様な、なんとも言えない温かい気持ちを抱いたまま——そりゃ、家に帰ればまた直ぐに逢えるの、そんなの分かっているけど。

「……今日は……もうちょっと一緒にいたかったのっ！　それぐらい分かれ、バカっ！」

それぐらい分かってよ、鈍感！

「……」

「……分かってるのよ？　どうせ家に帰れば逢えるのは。でもね、でもね？　なんか……す、凄く……寂しくて」

「……そ、そっか」

「だから……」

一緒に、帰ろ？

「……おっけー、理解した。それじゃ遅くなるし、そろそろ帰ろうぜ？」

「う、うん！　……って、ちょっと待ってよ！　本、仕舞うから！」

「はいはい」

机の横のフックに掛けた鞄を手に取った東九条君。そんな東九条君に遅れることのないよう、私も手に持った本を鞄に仕舞う。

「お待たせ。それじゃ、帰りましょう？」

「そうだな。ホレ」

「なに？」

「鞄、持つぞ？」

そう言って手を差し出してくれる東九条君。特別なことではない、そんな女の子扱いに、ついつい苦笑が漏れる。いや、嬉しいのよ？　嬉しいんだけど。

「……ありがとう。でも、良いわよ。アレ、私嫌いなのよね。男性に荷物持たせるの」

「そうなの？　あれ？　俺、お前に本を二十冊キャリーさせられた記憶があるんですけど？」

「……重い物なら力がある方が持つのが理には適ってるんでしょうけど、自分で持てる物ぐらいは自分で持つわ。私、別に貴方に頼りっぱなしになりたいワケじゃないし……自分のことぐらい、自分でするわよ」

「そっか」

「ええ。貴方は……私を支えてくれるって言ったけど、支えられっぱなしは性に合わないわ。私は私で道を切り開いて進んでいくもの」

「……そっか」

「貴方の後ろを歩きたいんじゃないの。私は、貴方の隣を歩きたい。困った時、悩んだ時、隣に貴方がいてくれると思うのは――」

　きっと、何よりも心強い。

「……だ、だから！　そ、その……ず、ずっと……そ、そばに、いてね？」

　そう思い、頬（ほお）を染めたまま東九条君にそう問いかけると。

「……りょーかい」

　同じように頬を染めたまま東九条君がそう返してくれた。

「そういえば……大丈夫だったの？」

彼と一緒に歩く帰り道。そう問いかける私に、東九条君がきょとんとした表情を浮かべる。

「ほら、授業、サボらせちゃったでしょ？」

なにそれ？　ちょっと可愛いじゃない。

「……ああ」

そう言って物凄く嫌そうな顔をする東九条君。

「……大丈夫じゃねーよ。すげー量の課題が出た」

肩を落とす彼に、罪悪感が浮かんでくる。えっと……これ、私のせいだよね？

「……手伝う？　私のせいだし……」

「……別にお前のせいじゃねーよ。俺がしたいからしただけだし」

そう言ってそっぽを向く東九条君。逆光で、良く見えないその表情は、きっと照れたような、それでいて面倒くさそうな表情をしているんだろうと想像が出来て。

――なんだろう？　胸の奥が、『きゅう』と、締め付けられるような感覚。

「……そう。それじゃ、分からなくなったら聞いてね？　教えてあげる」

「……そん時は頼む」

ぺこりと頭を下げる東九条君に思わず笑みが漏れる。

「ええ、任せて！　私、数学得意だし!!」

「……何張り切ってるんだよ……ったく。それより桐生、今日の晩飯どうする？　冷蔵庫、あんまり食材入ってなかったよな？」

「そうね……私のスキルなら、『焼く』一択だけど……ステーキ？」

「エンゲル係数が大変なことになる。取りあえず帰りにスーパーでも寄るか？　なんか簡単に作れるような料理あったかな？」

「……東九条君が作ってくれるの？」

「『焼く』スキルしかないお前じゃ無理だろ？　腹減ったし、簡単なもので申し訳ねーけど」

「……充分よ」

帰ったら東九条君が料理を作ってくれるんだ！　そう思うと、なんだか口角が上がる。その嬉しさと、軽口を叩きながらも見え隠れする優しさに思わず嬉しくなり——

「——こんなことなら涼子に時短料理教えてもらっておけば良かったな。あいつ、時間かけずに美味い物作るの上手いしな〜。失敗した」

——おい。

「そうだ！　桐生、俺来週実家に帰って涼子に——なんだよ、その顔？」

「……別に」

「何処の女優さんだ——って、いてぇよ！　鞄で叩くな!!　ど、どうした？　情緒不安定か!?」

ぺしぺしと持っていた鞄で東九条君を叩く。ふんだ！　なによ、なによ!!　私と一緒にいる時に賀茂さんの、しかも私の苦手な料理の話題なんてしして！　なによ、この人！　乙女心、欠片も分かってないじゃない!!

「知らないわよ！　東九条君の馬鹿!!」

「え、ええ～……」

困ったような表情を浮かべる東九条君に、少しだけの申し訳なさが浮かぶ。で、でも……仕方ないじゃない!!

「……なんでもない」

「なんでもないってことは……」

「な、なんでもないの!!」

――だって。

他の誰かのことを、嬉しそうに、楽しそうに喋る東九条君の姿を見るの、嫌なんだもん。

「……桐生？」

「……」

「え、ええっと……その、悪かったよ。俺、なんかお前の機嫌損ねる様なこと、したか？」

不安そうな東九条君の表情に、肩の力が抜けるのが分かった。

「……なんでもないわ。それと、ごめんなさい。ちょっと拗ねただけだから」

「拗ねる？　ええっと……何に？」

きょとんとした顔で、頭に疑問符を浮かべる東九条君に。

「……なんでもないと言ったら、なんでもないの」

――この感情はなんだろうか？

彼の隣を歩いていると、嬉しくて、楽しくて、彼の横顔を見つめているだけでドキドキするような、この感情はなんだろうか？

「なんでもないってことはないだろう？　その……許嫁だしさ？　気に食わないこととかあったら、言ってくれよ？」

――この感情はなんだろうか？

彼が、他の女の子のことを嬉しそうに、楽しそうに喋るだけで、胸の奥がチクリと刺すような痛みを覚える、この感情はなんだろうか？

「……ええ。遠慮なんかしないわ！」

――この感情の『名前』は、なんだろうか？

彼の隣にいるだけで幸せになり、彼の横顔を見るだけで幸せになり、彼の声を聴くだけで幸せになり、彼が笑顔を向けてくれるだけで――

「……そこはちょっと遠慮してもらえると助かるんだが？」

「……やーだ！」

未だ名前の分からぬこの感情。でも、これだけは分かる。

――きっと、この感情は、昨日よりも今日、今日よりも明日、明日よりも一年後、十年後に……もっと、もっと、もっと大きくなるだろう、と。

「ええ～……」

「ふふふ！」

だから、私はこの感情を大事にしようと思う。この感情を大きく育てていこうと思う。

「……なんか楽しそうじゃね？」

「楽しいもの！」

彼の隣で歩くことが出来る、この多幸感を嚙みしめながら。そう思い、私は歩く。

「見てなさい……いつか、『桐生、お前の料理、マジで美味いな！』って言わせてみせるんだから！　期待していることね！」

——歩幅を合わせて、同じスピードで。

あとがき

この度は『許嫁が出来たと思ったら、その許嫁が学校で有名な『悪役令嬢』だったんだけど、どうすればいい？』をお手に取って頂きありがとうございます、どうも、疎陀です。

このお話は『小説家になろう』様にて連載している作品で、第2回集英社WEB小説大賞にて金賞を頂戴した作品になります。作品の発表の場を設けて下さった小説家になろう運営様、選んで下さった集英社の皆様、素敵なイラストをあげて下さったみわべさくら先生、そしてなによりWEB連載時代よりこの作品を愛し、応援して下さった読者の皆様にこの場を借りて最大限の感謝を。そして、この作品を手に取って下さった貴方。貴方にも最大限の感謝と……願わくは、長いお付き合いを！　それでは皆様、続刊でお逢いできることを心の底より祈念して、結びの言葉と――

……え？　3ページもあんの、あとがき？

いや……3ページは無理だって。私、普段は社会人しながらチマチマ小説書いているんですが……ウチの職場、マジで変化がないんです。だから面白いネタとかもないんですよ。正直、執筆作業で一番苦しいのがあとがきだったりするんですよね……

こういう時、担当編集さんとの掛け合いとか、何かネタになる話が出来れば良いんでしょうが……私の担当さん、物凄く優秀なんですね。そつがないというか、仕事が早いというか……こう、ね？　もうちょっとポンコツ風味とかあっても良いんですよ？　『忘れてました！』とか言ってくれたら、私ももう少し美味しくイジれるんですが……冗談ですよ？　まあ、強いてポンコツエピソードをあげるのであれば。

――このあとがきを書いているのが、締め切りの四時間前ってことぐらいでしょうか。

いや、担当さんじゃないいや、これ、私のポンコツエピソードです。マジですみません、完全に……忘れてました。三十分くらい前に、『そういえばあとがきあるんですか？　締め切り、いつなんでしょー』みたいなメールを呑気に送ったんですよ。『もうすぐ発売なのに、あとがきの締め切り言ってないなんて……ドジっ子め～』とか思っていたら、メールが来て。

『やだー、明日が締め切りじゃないですか～。まあ、リマインドしてなかったし、無理なら明後日でも良いですよ！』

……ぽかん、ですよ。え？　マジで？　締め切り、明日なの？　明日仕事だよ、私。ってい

うか今から書くの？　今日、早めに仕事終わったから既に一杯、引っかけてるよ？　（一杯どころの話ではない）

ええ、ええ、本気で酔いがサメマシタ。やばっ！　って思って、すぐにパソコン開いてこれをポチポチ書いています。一番のポンコツはどうやら私だったようです……

ま、まあ、これもアレだよね！　一個あとがきのネタが出来たと思ったら、ねえ、うん！　いいことだよね!!　だってホラ、それでも締め切りには間に合いそうなわけだし、別に悪いことなんてなんにもないよね!!　嘘です、ごめんなさい、気を遣わせて!!

ま、まあそんな感じで締まらない感じになってしまいましたが……内容自体を楽しんでいただけたならば幸いです。桐生さんと東九条君の恋愛がどの方向に向かっていくのか、幼馴染達の反撃はあるのか、まだ見ぬラスボスである京都の又従姉妹のイラストは登場するのかなど、今後も見どころ満載で続けていけたらと思っていますので、皆様今後とも変わらぬご愛顧の程を賜れば幸いです。

令和四年五月某日　ちょっと足りないけど許して！　とか思ってる　疎陀　陽

ダッシュエックス文庫

許嫁が出来たと思ったら、その許嫁が学校で有名な『悪役令嬢』だったんだけど、どうすればいい？

疎陀 陽

2022年6月29日　第1刷発行

★定価はカバーに表示してあります

発行者　瓶子吉久
発行所　株式会社　集英社
〒101−8050　東京都千代田区一ツ橋2−5−10
03(3230)6229(編集)
03(3230)6393(販売／書店専用)　03(3230)6080(読者係)
印刷所　図書印刷株式会社
編集協力　後藤陶子

ISBN978-4-08-631474-9 C0193

ダッシュエックス文庫

【第2回集英社WEB小説大賞・大賞】
レベルダウンの罠から始まるアラサー男の万能生活
ジルコ
イラスト／森沢晴行

レベルダウンの罠から始まるアラサー男の万能生活2
ジルコ
イラスト／森沢晴行

【第2回集英社WEB小説大賞・銀賞】
《魔力無限》のマナポーター
～パーティの魔力を全て供給していたのに、勇者に追放されました。魔力不足で聖剣が使えないと焦っても、メンバー全員が勇者を見限ったのでもう遅い～
アトハ
イラスト／夕薙

【第2回集英社WEB小説大賞・銀賞】
迷子になっていた幼女を助けたら、お隣に住む美少女留学生が家に遊びに来るようになった件について
ネコクロ
イラスト／緑川 葉

地味なギルド雑用係は史上最強冒険者!? ダンジョンの改変で発見した隠し部屋を予想外の手段で使い、万能で楽しい二重生活開始！

二つの顔を持つアレンのもとに行商人の妹が帰省した。兄を心配するあまり、ジョブチェンジや恋の後押しなど世話を焼いてきて…？

理不尽な理由でパーティを追放されたイシュアこそが最重要人物だった!? 追いかけてきた後輩聖女と自由気ままな冒険のはじまり！

迷子の幼女のお姉さんは、誰もが惹かれる転校生!? 高嶺の花だったはずの彼女がご近所さんとなり、不器用ながら心を近づけていく。

【第2回集英社WEB小説大賞・銀賞】
~東京魔王~
モンスターが溢れる世界になり目醒めた能力
【モンスターマスター】を使い最強のモンスター軍団を
育成したら魔王と呼ばれ人類の敵にされたんだが
鎌原や裕
イラスト/片桐

【第9回集英社ライトノベル新人賞・審査員特別賞】
冴えない男子高校生に
モテ期がやってきた
~今日はじめて、僕は恋に落ちました~
常世田健人
イラスト/フライ

【第1回集英社WEB小説大賞・大賞】
社畜ですが、種族進化して
最強へと至ります
力水
イラスト/かる

【第1回集英社WEB小説大賞・大賞】
『ショップ』スキルさえあれば、
ダンジョン化した世界でも楽勝だ
~迫害された少年の最強ざまぁライフ~
十本スイ
イラスト/夜ノみつき

スキルを覚醒させた人間がモンスターと互角に戦う世界。脅威の育成能力でモンスターを進化させる力に目覚めた青年が人類を救う!?

人生3回のモテ期がお知らせされる世界。モテ期の到来を待ちきれない高校生の公也が、モテ研究に励み憧れの青春目指して大奮闘!

自他ともに認める社畜が家の庭にできたダンジョンで淡々と冒険をこなしていくうちに、気づけば最強への階段をのぼっていた…!?

日用品から可愛い使い魔、非現実的なアイテムも『ショップ』スキルがあれば思い通り!最強で自由きままな、冒険が始まる!!

【第1回集英社WEB小説大賞・金賞】
不屈の冒険魂
雑用積み上げ最強へ。超エリート神官道
漂鳥
イラスト／刀彼方

【第1回集英社WEB小説大賞・金賞】
会話もしない連れ子の妹が、長年一緒にバカやってきたネトゲのフレだった
雲雀湯
イラスト／jimmy

【第1回集英社WEB小説大賞・銀賞】
パワハラ聖女の幼馴染みと絶縁したら、何もかもが上手くいくようになって最強の冒険者になった
～ついでに優しくて可愛い嫁もたくさん出来た～
くさもち
イラスト／マッパニナッタ

【第1回集英社WEB小説大賞・銀賞】
神々の権能を操りし者
～能力数値『0』で蔑まれている俺だが、実は世界最強の一角～
黒
イラスト／桑島黎音

大人気ゲームで選んだ職業「神官」は戦闘力も稼ぎもイマイチで超地味な不遇職!? でも不屈の心で雑用を続けると、驚きの展開に！

ネトゲで仲良くなった親友との待ち合わせ場所に現れたのは打ち解けられずにいた義妹!? 青春真っ盛りの高校生がおくるラブコメディ。

幼馴染みの聖女と過ごす辛い毎日からハーレム天国に!? パーティを抜けた不安はどこへやら、神をも凌ぐ最強の英雄に成り上がる!!

能力数値が社会的な地位や名誉に影響する世界。無能力者として虐げられる少年がその真価を発揮するとき、世界は彼に刮目する…！